U0743667

[尼泊尔] 释德·渡伽 著
紫晨 译 张丰 书法

德州菩提集

丙申春月 覺醒

अलिअलि टेक्सस

सर्जक: दुर्गालाल श्रेष्ठ
अनुवादक: जीचन ली
फेंग जांग सुलेखन
जागा भिक्षु अभिलेखमा

中西書局

序

在此我怀着喜悦的心情，向中国朋友推荐《德州菩提集》中译本。这是尼泊尔著名诗人、剧作家、歌词作者释德·渡伽在美国得克萨斯州访问时创作的诗集。

尼泊尔和中国是山水相连的亲密邻邦。早在一千多年前，中国高僧法显和玄奘就曾到访尼泊尔的佛教圣地蓝毗尼。唐朝时期，尼泊尔尺尊公主联姻中国西藏的松赞干布，进一步促进了尼中各领域的交流。元朝时期，尼泊尔著名工匠阿尼哥来到中国设计并督造北京白塔寺。这些友好交往故事成为两国交往史上脍炙人口的佳话。

“国之交在于民相亲”，近年来，两国文化交往出现了前所未有的良好势头。尼泊尔于2012年在中国成功举办了“尼泊尔文化节”，中国也在尼泊尔开设了孔子学院和多家孔子课堂，并在尼成功举办了七届“中国节”。图书展、摄影展、文艺演出等活动相继登陆中尼两国文化舞台，两国在文化领域的交流合作持续扩大，民间交往也不断深入。

《德州菩提集》中译本的出版，堪称当下尼中文化交流的一件盛事。释德·渡伽在尼泊尔享有盛名，被誉为“人民诗人”，他的诗歌作品获得过各种奖项，深受尼泊尔民众喜爱。这本记录他旅美期间所思所感的诗集，意境悠远，音韵优美，充满情思与哲理。译者李辉是复旦大学生命科学学院教授，也是一位才华横溢的诗人。在翻译过程中，他创造性地把原作译成绝句、七律和词，读来琅琅上口，充分再现了原作的音韵和神韵。古典诗词是中国文学的巅峰，释德·渡伽的美妙诗作能以中国古典诗词的形式呈现给中国读者，可谓珠璧交辉。对于李辉先生为翻译这本诗集付出的不懈努力，我深表赞赏和感谢。《德州菩提集》中译本的问世，为渴望感受当代尼泊尔文学艺术之美的中国读者打开了一扇新的视窗，架设了一座新的桥梁。我衷心希望，这部作品会得到中国友人的喜爱。也期待李辉先生能为中国读者译介更多尼泊尔的经典文学作品，引领中国读者走进尼泊尔的灿烂文化。

祝愿中尼友谊之树常青！

尼泊尔驻上海名誉领事吴建明

2017年3月18日于上海

* 注：得克萨斯州于本书诗句及标题中简译为“德州”。

目录

१. आँसु १९
泪【小重山】 19
२. प्यास २१
渴【绝句】 21
३. रक्तिम गोधूलि २२
黄昏【江城子】 22
४. टेक्सस्को हरियाली २४
德州花神【踏莎行】 24
५. उराठिला घर २७
昏居【婆罗门引】 27
६. गाडीको किचाइ २८
撞车【临江仙】 28
७. दुर्घटना ३१
意外【定风波】 31
८. के हो यो ३३
胡底【好事近】 33
९. नवौं आश्चर्य ३४
奇绝【柳梢青】 34
१०.आज ३६
今日【采桑子】 36
११.डलरको जादू ३९
金魔 39
१२.आवाज ४०
心声 40
१३.प्रगति र प्रकृति ४३
山野与烟华【绝句】 43
१४.लीला ४५
演饰【浣溪沙】 45
१५.मान्छेको मूल्य ४६
人意【青玉案】 46
१६.प्रश्न ४९
惑 49
१७.अमेरिकी कला ५१
美国之术 51
१८.बुद्ध मन ५२
佛心【生查子】 52
१९.सबवेकोस्यान्डविच ५५
赛百味三明治 55
२०.बेलुन चाड ५७
气球节 57
२१.सीमा बन्धन ५९
破境 59
२२.लोकसत्य ६०
终是【骊歌】 60
२३.अनुभव ६३
历练 63
२४.सहानुभूति ६४
同情 64

२५.आँसुको ढिक्को ६६

泪涌【恨春宵】 66

२६.रूख ६८

青木【蝶恋花】 68

२७.दम्भ ७१

我执【破阵子】 71

२८.झ्यालको पर्दा ७२

帘【眼儿媚】 72

२९.प्रेम अनौठो छ ७५

爱殊【少年游】 75

३०.निर्वाण ७७

涅槃【人月圆】 77

३१.स्वर्ग चरा ७८

天鸟【一剪梅】 78

३२.दशैंको नाम ८१

德赛节【绝句】 81

३३.टेक्सस्को सुन्दरता ८३

德州之美 83

३४.यो घर ८४

居室 84

३५.साँझका गाडी ८७

夜行车 【绝句】 87

३६.बिरानो ठाउँ ८८

他乡【苏幕遮】 88

३७.विरोधाभास	९१
反衬	91
३८.परिस्थिति	ढज्ञ
境遇【卜算子】	92
३९.किन यस्तो	९५
缘何【河传】	95
४०. यै हो प्रश्न	९६
此问【更漏子】	96
४१.बधाई, ओबामा	९९
贺奥巴马	99
४२.छिनभर	१०१
偶觉【如梦令】	101
४३.जंगल र सहर	१०२
林与市【武陵春】	102
४४.मेरो घर	१०५
故国【绝句】	105
४५.लक्ष्मीपूजा	ज्ञण्छ
乐弥财神祭	107
४६.भुलक्कड	ज्ञण्ठ
健忘【西江月】	108
४७.वालमार्ट	१११
沃尔玛	111
४८.मुटु र आँखा	११२
觉知【绝句】	112
४९.कुहिरो र घाम	११५
雾散【调笑令】	115
५०.बोधिबृक्ष	११७
菩提	117
५१.स्वाधीनताको सालिक	११८
自由女神像【七律】	118

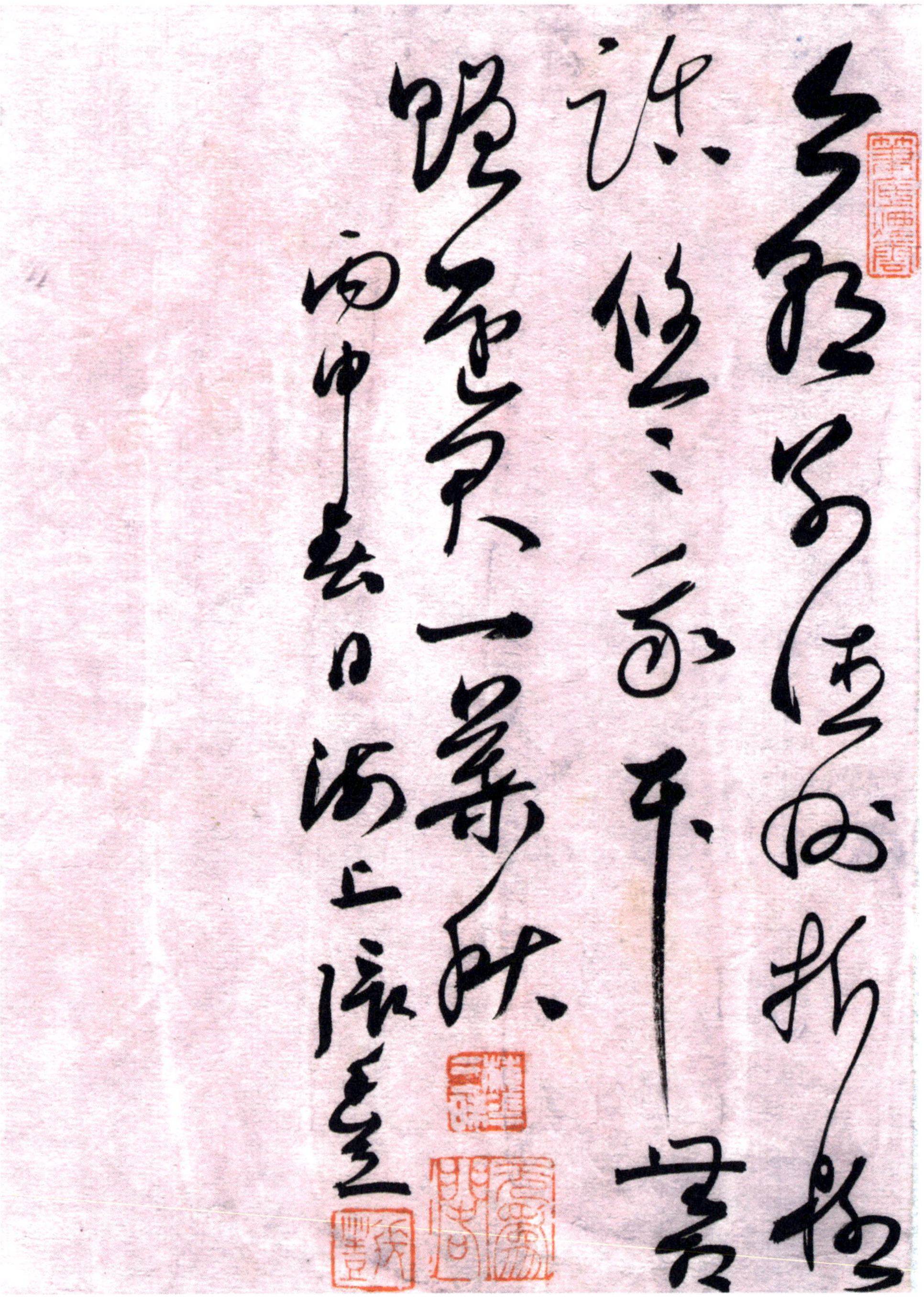

जाँदै छु म, लौ बस है टेक्सस !

लेऊ यो सौगात

के छ र मेरो, यो पनि तिम्रै

बारीको हो पात

今朝别德州

折柳话攸攸

我本无相赠

还君一叶秋

केही वर्षअघि नाति रिजन श्रेष्ठको मायाले तानिएर मैले संयुक्त राज्य अमेरिकाको भ्रमण गर्न पाएको थिएँ जिन्दगीमा पहिलो पटक। एकाध महिनाको बसाइमा त्यहाँ मैले एउटा काव्यकृति रचना गर्न भ्याएँ - 'अलिअलि टेक्सस' प्रस्तुत कृति अन्तर्राष्ट्रिय साहित्य समाज, टेक्सस च्याप्टर-द्वारा प्रकाशित पनि भयो - कविमित्र भीम कार्कीको अंग्रेजी अनुवादसहित। आज म खुसी छु, अलिअलि टेक्ससले चिनिया भाषामा पनि रूपान्तरित हुने अवसर पायो। खुसी यसैले पनि छु कि यो काव्यकृतिको अनुवाद निःसन्देह सशक्त हुने नै छ। कारण यसका अनुवादक श्री ली कुइ स्वयं पनि चिनिया भाषाका स्वनामधन्य कवि हुनुहुन्छ। जे होस् मेरो काव्यकृतिले चिनिया पाठकको हृदयमा पनि वास पाउने भयो। तसर्थ कवि ली कुइका अतिरिक्त प्रस्तुत कृतिको निर्माणमा संलग्न सम्पूर्ण सहयोगीहरूप्रति म सहर्ष कृतज्ञता ज्ञापन गर्दछु।

Durgalal Shrestha

作者 | 序

数年前，受到我的长孙释德·李珍（Rijan Shrestha）的盛情邀请，我生平第一次来到美国访问。在美国的一个多月的时间里，我创作了这本诗集——《德州菩提集》。当时，国际尼泊尔文学会得州分会的诗友卡尔基·毕木（Bhim Karki）把这本诗集翻译成了英文出版。而今天我特别高兴，《德州菩提集》又有了中译本。我由衷欣喜的是，我所知的译者李辉教授（紫晨）是一位著名的中文诗人。所以我相信中文翻译一定特别优秀。

因此，希望我这本诗集中的诗句会一直留在中国读者心中。最后我对诗人紫晨及出版诗集的所有协助人员表示衷心的感谢！

释德·渡伽

Durga Lal Shrestha

2016年7月16日

释德·鲁开思（Rukesh Shrestha）整理

原文初版的作者致谢

虽然逗留了那么久才回来，我还是觉得没有到达美国。这就像一只蚂蚁在南瓜上四处爬。对于蚂蚁来说，南瓜又在哪里呢？这也正是我对美国的感觉。

得克萨斯州是美国第二大州，我的孙子李珍邀请我来做客，住在达拉斯的一个小区，叫做攀树林。虽然我几乎住了三个月，一直到临走我也觉得对得州感受不够。

在此期间，我开始感受到了互联网的魔力，短短时间里，我接到了很多电话。使我非常惊喜的是，在那里有这么多人知道我、喜爱我。那些从事语言学、文学和传媒学的朋友们对我的尊敬和喜爱之情是那么热诚。我觉得，多年前在阿山街播下的种子，在美国结出了果子。在这块遥远的大陆上，我又找回了我的尼泊尔。

在奥尔巴尼、圣安东尼奥和科罗拉多的团体举办了赏析活动，而华盛顿特区的尼佤组织举办的活动尤为特别，使我记忆犹新。以后我再详细说。

当我住在得州达拉斯我的孙子释德•李珍（Rijan Shrestha）家的时候，我发现那里有一个国际尼泊尔文学会（International Nepali Literary Society）的分会。我在达拉斯的时候正好遇上学会一年一度的乐弥大雄节文学聚会。我应邀参加了聚会，遇到了很多尼泊尔文学爱好者。这个活动的效果很独特，不仅因为那些节目，还因为人们有机会相聚。我的朋友卡尔基•毕木（Bhim Karki）是尼泊尔人，但是我在达拉斯的这个活动中才第一次见到他。他说话那么坦诚，令人很容易感受到他的无私和率真。有一个晚上我们拜访了他家。他们为我们准备了传统的尼佤食品。而且，他夫人的尼佤语讲得很流利。他们那么热情招待，让我们感觉回到了尼泊尔。

这本诗集中所有的诗都是我在达拉斯的时候创作的。因为我性格内向，我以笔为友。在得州游览，参观了那么多地方，我发现得州就像一个诗歌的园林。有时候我觉得这些诗不是写的，而都是从园林中捡来的。

我儿子释德•苏曼（Suman Shrestha）帮我整理了诗集草稿。卡尔基•毕木看过草稿以后，提出可以让国际尼泊尔文学会来出版这本诗集。我非常激动。他还提出可以翻译一份英文版本。我真是太高兴了，我内心的诗人将能展翅飞翔，进入国际文学视野。

这本诗集是由国际尼泊尔文学会得州分会发行。我期待着美好的读者们的反馈。

最后，我要感谢国际尼泊尔文学会得州分会。我想在卡尔基•毕木先生的耳边轻声说：朋友啊，你的恩情，永在我心。

释德•渡伽

Durga Lal Shrestha

2009 年 7 月 16 日

释德•鲁开思 整理

* 注：得州在诗句及标题中译为“德州”。

译者序 | 译诗求达雅

信达雅，从来就是翻译的金科玉律。对于普通的文本翻译，只要肯下苦功，都可以做到信和达；如果有很好的文学功底，要做到雅也不是太难的事。但是对于诗歌的翻译，特别是有格律的诗歌的翻译，要兼顾信达雅这三条原则，几乎是不可能完成的任务。想想唐诗宋词，那么美的音韵和意境，如何在翻译成英语后完全保留？要做到信，就要把每一个词的义项都准确翻译出来；要做到达，就要把诗句的喻义和要营造的意境都体现出来，让读者毫无障碍地感受到；而要做到雅，在诗歌而言，必须是翻译后的作品还是诗，原诗在音韵上达到的美感程度，译作中不能稍减。但是诗歌翻译在这三条原则上似乎是不能兼顾的。如果如一般文本翻译那样先求信，把原文的词意翻译出来，则由于不同语言的成语典故不同，读者可能根本不明白作品要表达什么。尤其是诗歌用典和修辞格外丰富。所以，诗歌的达，势必要通过转换修辞和成语习惯来达到，这就牺牲了信。而诗歌音韵上的雅，如果要做到音和义在翻译后还是完美对应，除非是同一个语系内非常接近的语言之间才可能。当然，也可以在目标语言中构拟一种新的音韵美，达到一种新的雅境。但是无论如何，那种刻板的信是做不到的。所以，我始终坚持认为，诗歌翻译后必须还是诗歌，还要做到音韵美、用词美、意境美、修辞美。这是诗之为诗的根本。在我看来，诗歌最重要的是音韵美。虽然诗史研究认为诗歌早已脱离音乐成为案头文学，我觉得诗歌永远是和音乐若即若离的。如果诗歌需要吟诵，音韵乐感之美则是必须的，无论是文言还是白话。而诗词的格律之所以美，就是因为其调律和谐。用词的雅，也就是诗歌特有的词法语法的雅顺，是诗得以传颂的基础之一。意境是诗歌之心，必须有源于现实又超脱现实的一点灵光，才能成为真正鲜活的诗。修辞的密集使用是诗歌的语言有别于其它文艺形式的最重要特征之一，是营造意境的方式。所以译诗的雅和达就比信重要得多，有的时候甚至可以为了达雅而不得不牺牲一点刻板的“信”，那样才能成为诗。

释德•渡伽在尼泊尔享有盛名，是一位广受欢迎的当代诗人。他的诗歌意境深远、古典优雅，非常有特色。渡伽笃信佛教，深究佛理，在他的诗歌中处处体现出佛教的人生观和世界观。但他又从不以说教的方式表述这种理论，而是以生活中的小事件、小现象作为寓言，来反映佛教所追求的放下执念、心得自在的境界。在这些作品中，你看到的不是一个身形枯槁的苦行僧，不是一个远离尘世的出家人，而是一个有喜有悲有爱有恨的多情诗人。他也为失恋痛苦，为离乡悲凉，在节日里欢歌，在社会转型中迷惘。但他把这种种情绪化为诗歌，在诗中升华和超脱，体现出一种尼泊尔佛教独特的修行方式。正是因为贴近世俗生活，以出世的心态看待入世的事物，渡伽的诗才受到了尼泊尔民众的普遍喜爱。更可贵的是，他的诗坚持了工整的格律，大多数是八句的，严格押韵，类似于中国的七律。这使他的诗作音韵优美，朗朗上口，更有感染力。所以，从内容到形式，渡伽的诗歌都有些像仓央嘉措的作品，这可能是普遍影响喜马拉雅山南麓的一种文化传统。《德州菩提集》是渡伽在旅美期间的作品。几乎全部是这样的“七律”。这样的作品，如果完全直译，非但音韵美全失，而且其中蕴含的意境也很难感受到，甚至会不知所云。其英译本就有这种情况。所以当我拿到这项译诗的委托的时候，我感受到的是朋友殷切的期望和深深的信任：相信我一定会把诗译成诗，在中文中重现这些诗作的意境和韵味。但是，这是何其艰巨的任务啊！当我着手的时候，我就开始犯难了。一连几个月我一句话都没有译好。于是我决定，先不翻译，而是反复诵读，深刻体味每一首作品的内涵和意境，而后重新创作。诵读持续了近两年，到了今年春节假期，在家休息的时候，我发现感觉来了，可以把原作的内容和意境，在我自己的头脑中用中国诗歌的语言重构起来。差不多在二月份这一个月里，就把所有作品都译完了。所以，读这本译作的时候，你会惊异地发现，原来诗歌翻译还可以这样，可以译成绝句、七律，甚至填入词牌。诗叙事，词抒情，中国古典诗词是文学作品音韵美的巅峰，尤其是词。因此，这本作品中我尽量用词的格式来表现。不过，为了充分体现出原诗的意境，让中文读者也可以体会，我确实损失了部分“信”，有的地方添油加醋地补上了一些中文习惯的比喻和象征。我相信读者可以理解这样的做法。特别希望读者可以认可这本译作的达和雅。

紫晨

2016.4.9 于北京大学

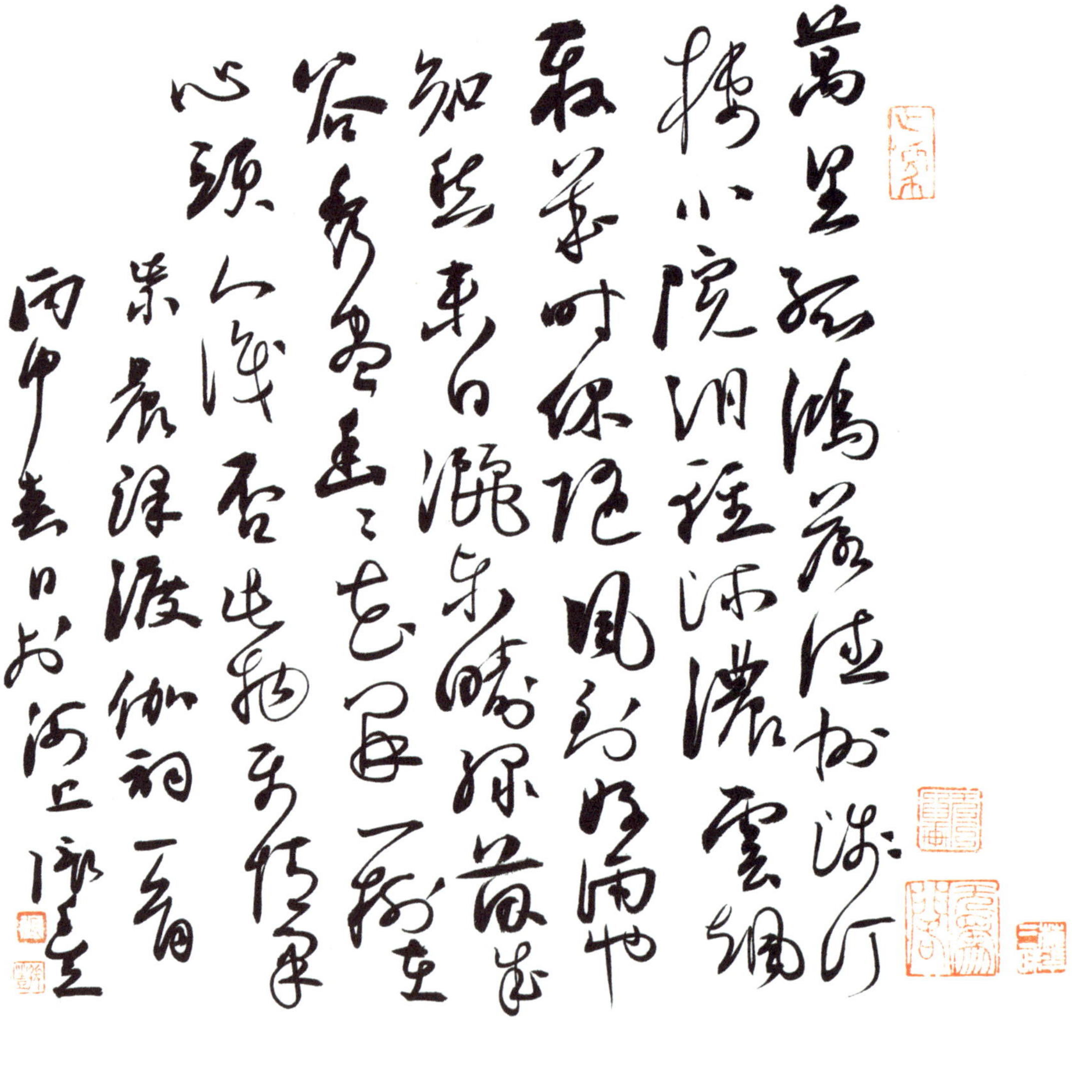

१.आँसु

टेक्सस्, आज म आएको छ
त्यसरी तिम्रो आँगनमा
बादल पोको आँसु भएर
जसरी छाउँछ सावनमा

भोलि धानको बाला भैकन
झुल्छ खेतमा त्यो आँसु
पत्थर गाल्ने नौनी भैकन
फुल्छ हृदयमा यो आँसु

१७ सेप्टेम्बर २००८

泪【小重山】

万里孤鸿落德州
浅汀栖小院
泪轻流
浓云飒聚几时休
随风到
好雨也知愁

来日洒东畴
绿茵成谷秀
尽幽幽
花开一树在心头
人识否
此物使情柔

译于 2016.2.16

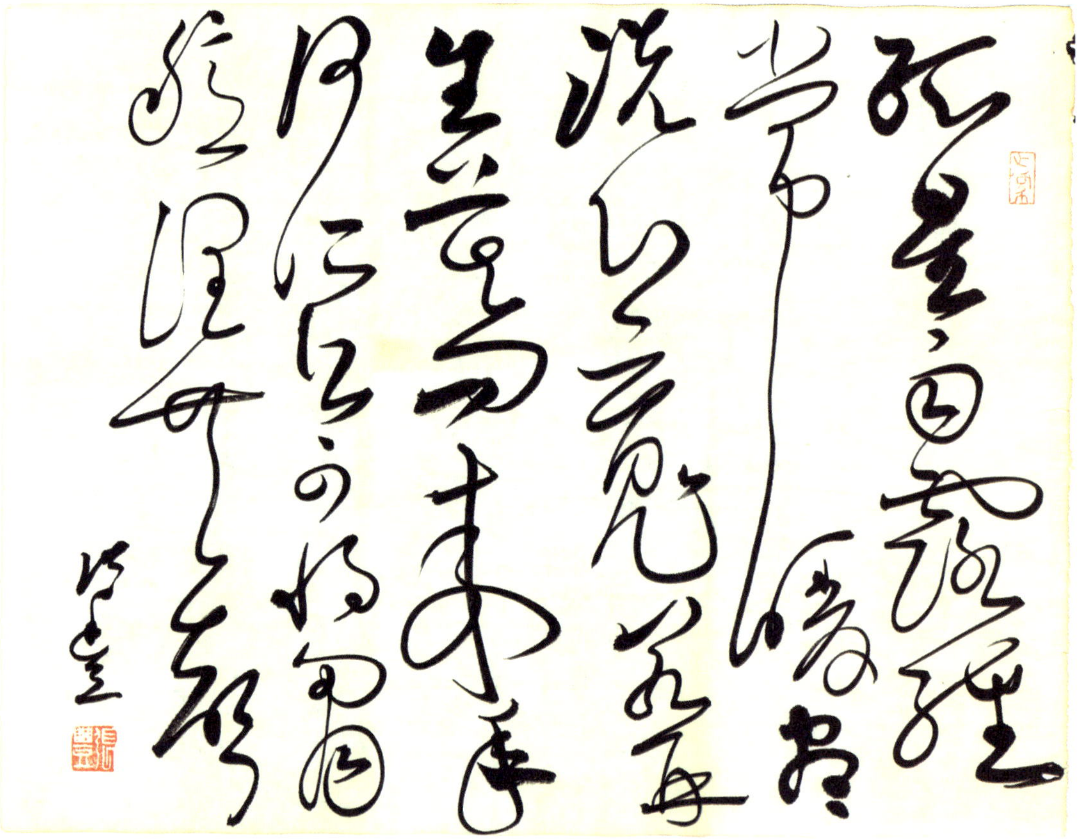

२. प्यास

渴【绝句】

टेक्सस्, तिम्रो न्यानोपनका
बेग्लै स्पर्श लिँदैछु
बस्तारै अनुभूत हुँदैछ–
दोस्रो जन्म हुँदैछु

बिन्ति, तिमीले मसित नसोध
इच्छा तिम्रो के छ
मात्र मलाई यति नै देऊ
तिम्रो मनमा जे छ

१७ सेप्टेम्बर २००८

孤星雨露经常暖
尽洗心魂若再生
莫问来年何所愿
可将胸臆润无声

译于 2016.2.18

* 注：孤星指得州的别称孤星共和国

३.रक्तिम गोधूलि

黄昏 【江城子】

टेक्सस्, मात्र पुगेको म थिएँ
तिम्रो घरको दैलोमा
दिवस-मकै सेताम्य फुरेको
देख्छु समयको घैलोमा

छेवैमा उभिने त्यो को हो
स्वागतको गुच्छा बोकी
को हो त्यो, देखेझैं लाग्छ
सायद सपनामा हो कि ?

१८सेप्टेम्बर २००८

异乡初至恰篱门
望西林
日将沉
天炙火盆

向晚尽香氛
谁举彩霞迎异客
思不透
梦中人

译于 2016.2.19

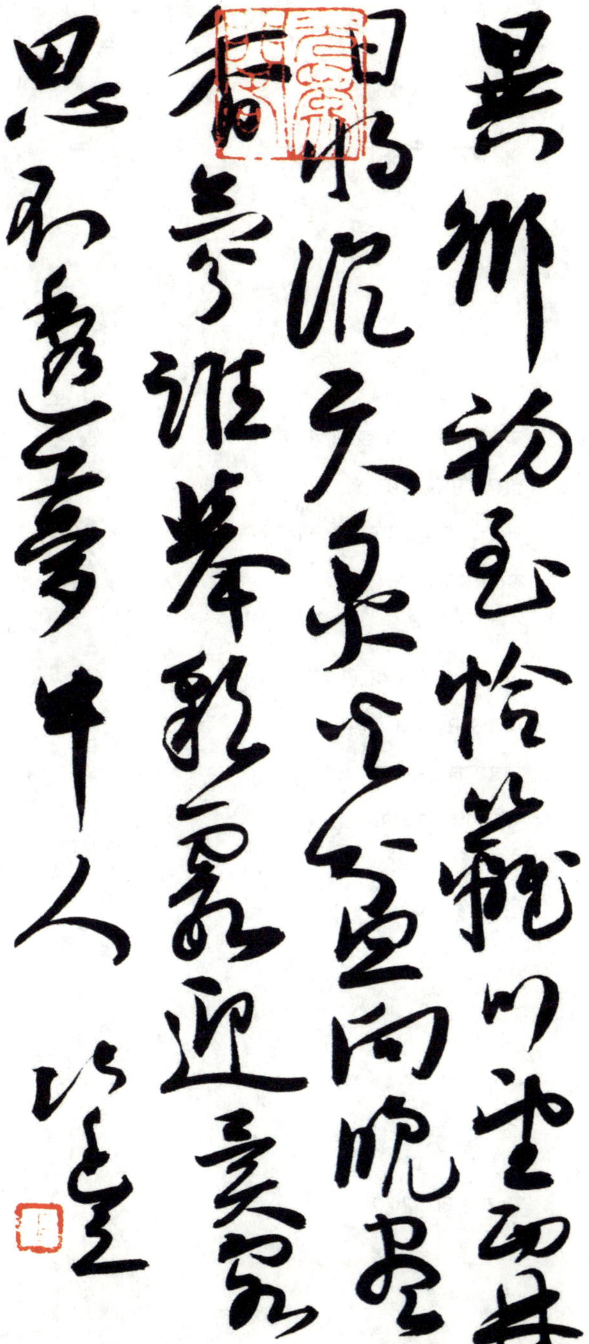

४.टेक्ससको हरियाली

德州花神 【踏莎行】

कहिले कहिले बस्छु म वनमा
हरिया पात चुमेर
जहाँ तिरस्कृत हुन्न म कहिल्यै
सुखा पात भनेर

टेक्सस, तिम्रो त्यो हरियाली
भित्र ममा यति छायो
डाँडा काटिसकेको यौवन
फर्किरहेझैं लाग्यो

१८सेप्टेम्बर २००८

偶入花间
青莲吻遍
何尝忘却东君面
等闲深坐日轻移
西风叶漏春晖淡

翠笼江山
孤星尽染
潺潺流水冰心涣
幽然一梦卅年前
又当调笑闺中怨

译于 2016.2.17

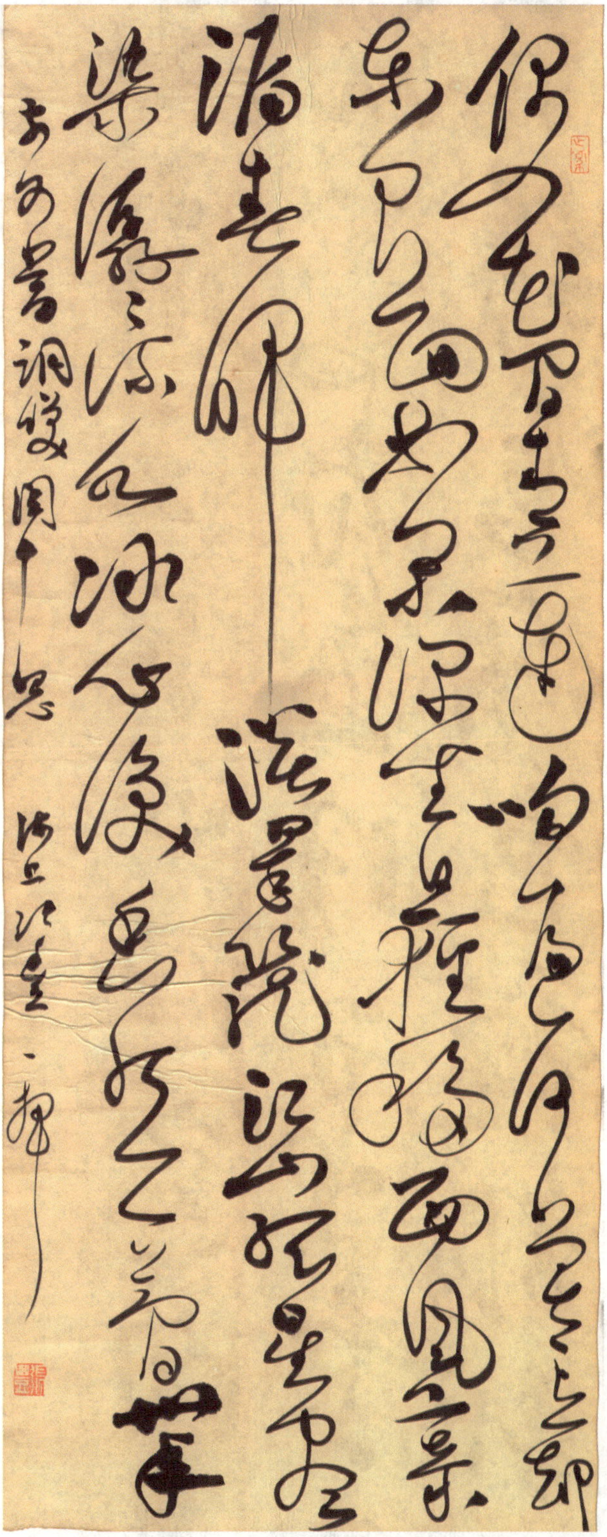

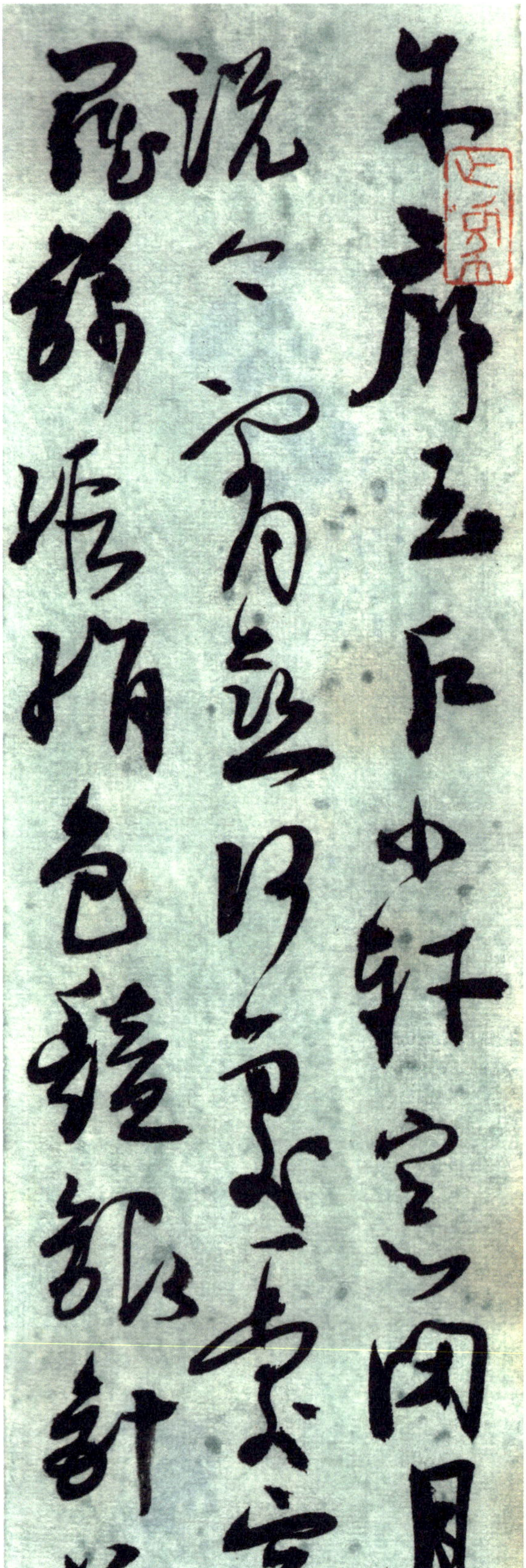

५.उराठिला घर

टेक्सस्, तिम्रो घरमा झ्याल छ
त्यसमा सिर्फ छ पर्दा
मानिसको घर यस्तै हुन्छ
मानिस जिउँदै मर्दा

चुला-अगेना सब छन्, तर खै
तिन्ले जिउने आगो
मात्र सियो, कपडाले के होस्
छैन त सिउने धागो

१८सेप्टेम्बर २००८

昏居 【婆罗门引】

朱廊玉户
小轩窗闭月空明
为谁帘幕重重
纵乐起舞华堂里
负一夜凉风
却说今宵喜
何处忧容
此生醉中

瓮箱满 果蔬丰
厨下备呈诸色
无火何功
绫罗锦缎 绢色艳
银针若冰锋
缺红线 吉服难成

译于 2016.2.20

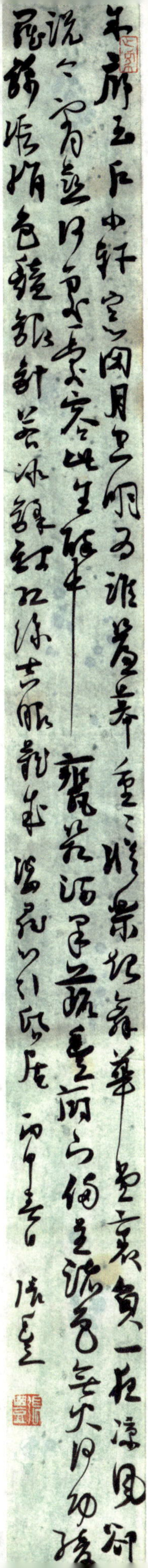

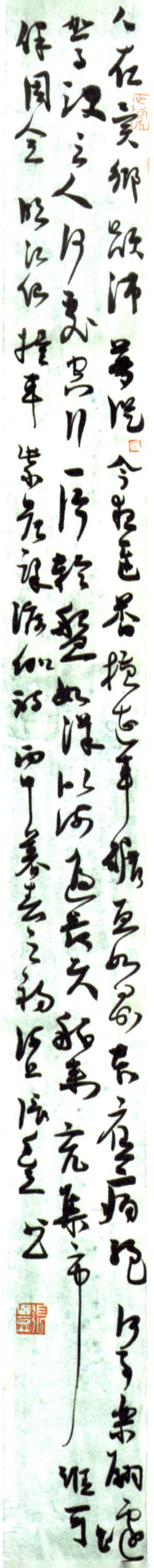

६.गाडीको किचाइ

撞车 【临江仙】

सपनामा पनि किच्छ मलाई
टेक्सस्, तिम्रो गाडी
तर झन् पुलकित हुन्छु म उल्टै
कस्तो हो यो गाडी

गाडी हाँक्ने मानिस हो, तर
देखिन्छन् बस् गाडी
इन्द्रचोक नै कब्जा गर्ने
गाडी हो मारवाडी

१८सेप्टेम्बर २००८

人在异乡颠沛
梦从今夜连番
横遭车碾血如泉
本应伤痛绝
何事乐翩跹

驾驶之人何处
空行一片轮盘
如洋似海遍长天
舶来充集市
谁可保周全

译于 2016.2.21

* 注：原文中集市专指印度超客，是马瓦蒂家族在加德满都运营的一个热闹传统的商场。马瓦蒂是一个印度裔商人家族，故称舶来。

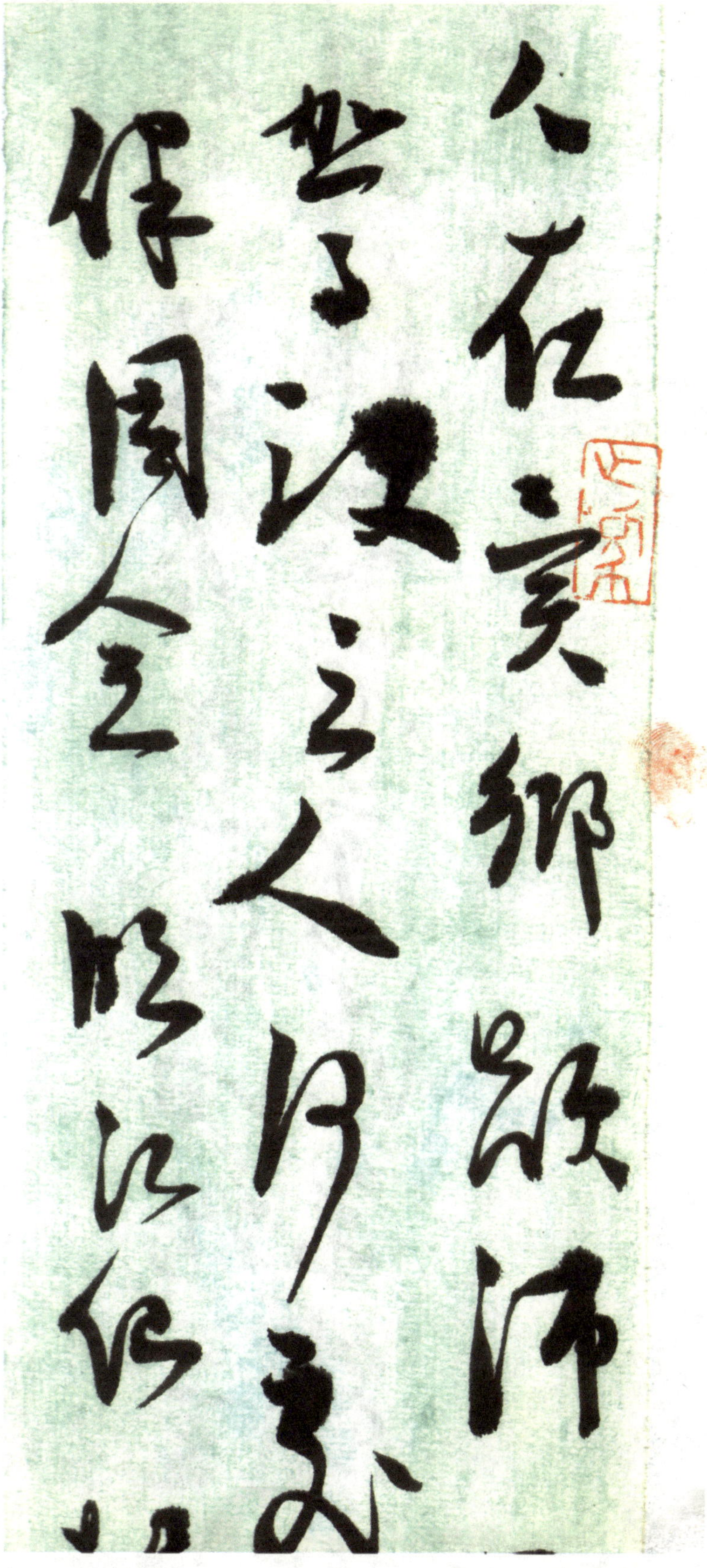

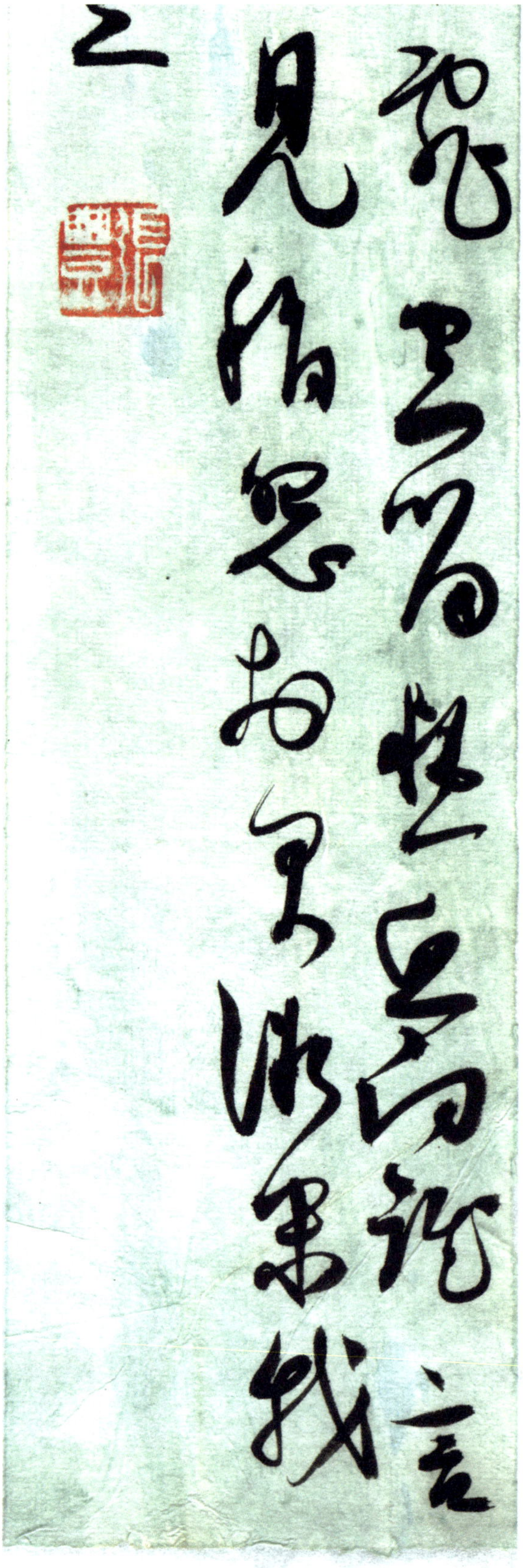

७.दुर्घटना

पुग्नासाथ तिमी सम्झेर
हतपत फोन गरें
'व्यस्त छु' भन्दै फोन बिसायौ
अनि म झसंग भएँ

अहो ! 'व्यस्तता' यो दुनियाँको
मैले बल्ल बुझें
घटनै बिनुको यो दुर्घटना
हेर्दै छक्क परें

१८सेप्टेम्बर २००८

意外 【定风波】

甫至他乡意怅然
呼朋寻友到君前
未想故人辞语淡
忙乱
空留热血向谁言

常叹世情多怪诞
应患
徒劳凡务不悠闲
一片真心君不见
稍怨
于君微末我诚难

译于 2016.2.21

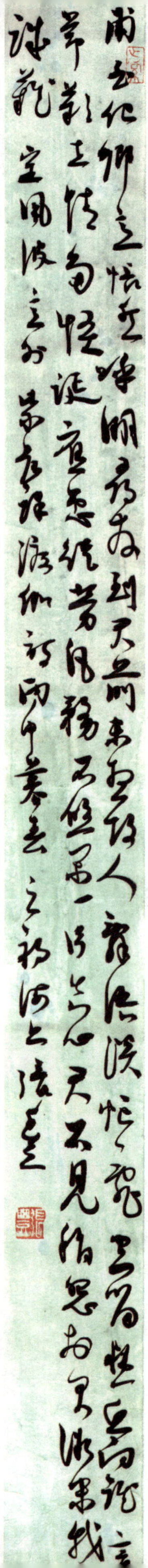

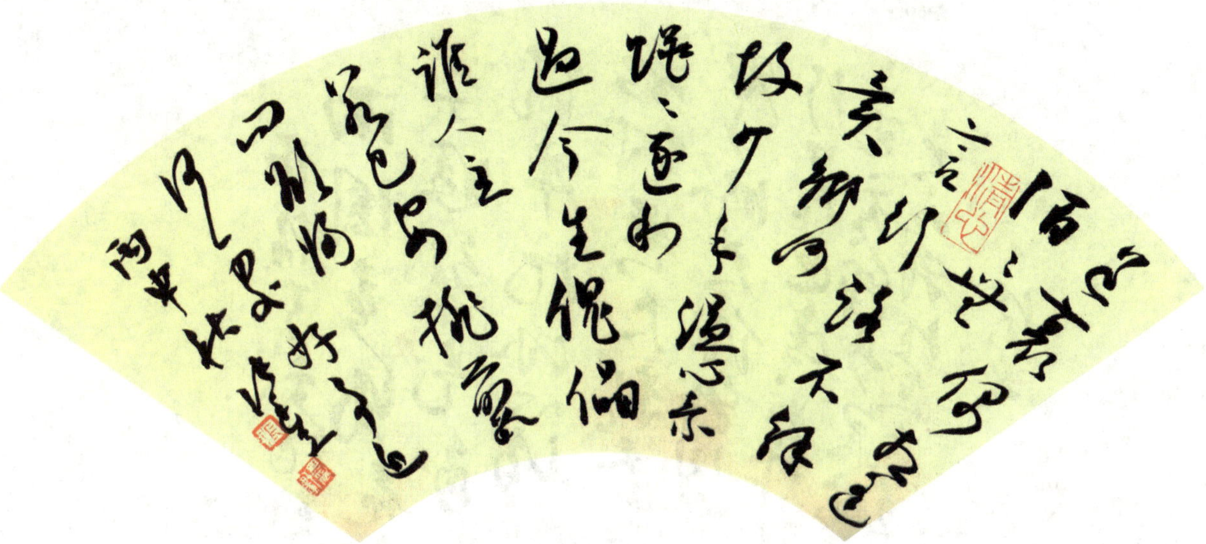

८. के हो यो ?

‘हल्लो’तक पनि किन साट्दैनन्
आपसमा यी भेट्नासाथ
टेक्सस्, तिम्रा मान्छेमा के
हातैमा पनि छैनन् हात ?

काम काम बस् काम भनेर
किन कुद्दै छन् यन्त्रसमान
मान्छे ! तिम्रो यै हो विश्व ?
के यै हो गन्तव्यस्थान ?

१८सेप्टेम्बर २००८

胡底【好事近】

道里偶相逢
陌陌无言行路
不解异乡何故
少手温心素

蝇蝇逐利过今生
傀儡谁人主
若已安排前数
问欲归何处

译于 2016.2.21

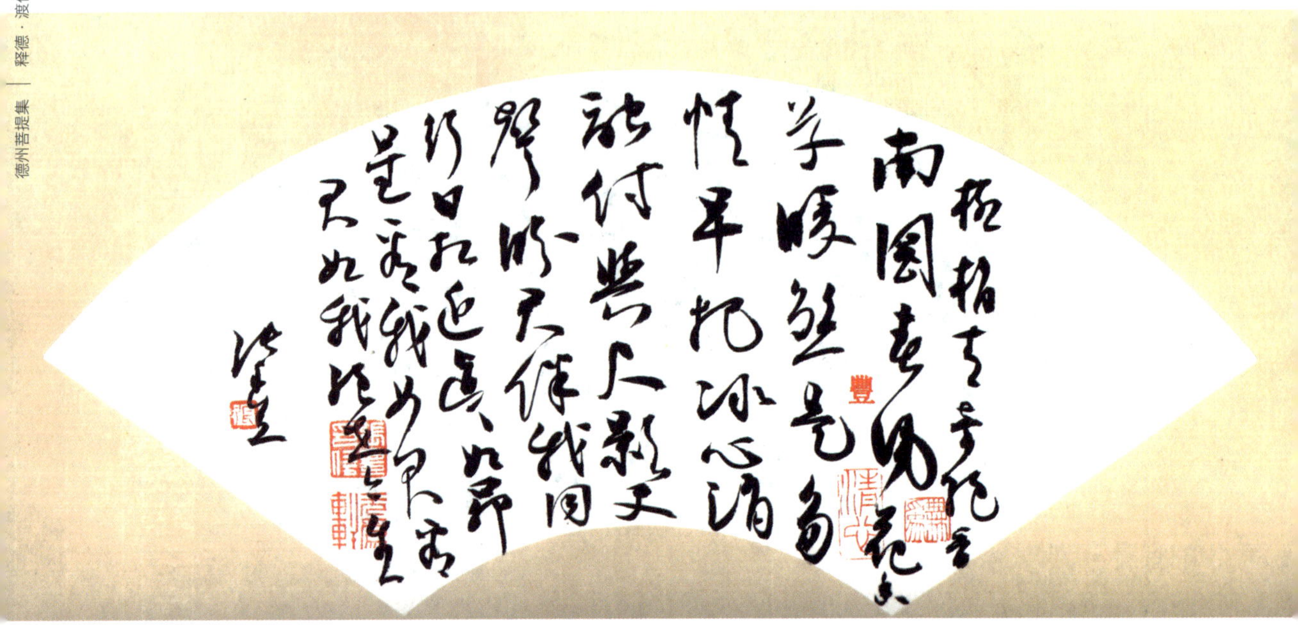

९.नवौं आश्चर्य

टेक्सस्, तिम्रो यो हरियाली
हेर्छ मलाई किन यसरी
हेर्दाहेर्दै हुन्छु विलय म
त्यसैत्यसै कसरी कसरी

यत्ति नजिक छौं अहिले मानो
खण्डित हामी एक भयौं
कसरी मेरो मनको टुक्रा
यहाँ पुग्यो ? आश्चर्य नवौं !

१८सेप्टेम्बर २००८

奇绝 【柳梢青】

南国春风
花香草暖
煞是多情
早把冰心
消融付与
尺影更声

盼君伴我同行
日相近
真如昴星
看我如君
看君如我
绝世今生

译于 2016.2.20

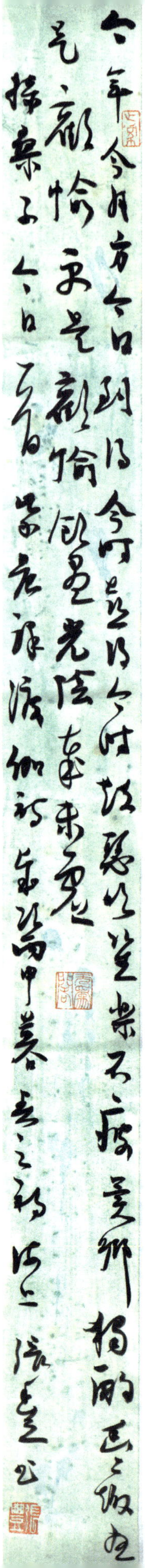

१०.आज

आज आज हो, अघिपछि हैन,
अहिलेको यो क्षण
मेरो अतिथि यही हो मैले
राखूँ यसको मन

टेक्सस्, आज तिमीसँग खेली
यत्ति रमाऊँ म
आफ्नै ठानी तिम्रो हर पल
सरस तुल्याऊँ म

१८सेप्टेम्बर २००८

今日 【采桑子】

今年今月方今日
到得今时
喜得今时
鼓瑟吹笙乐不疲

异乡独酌幽幽趣
想是欢愉
更是欢愉
饮尽光阴岁未虚

译于 2016.2.19

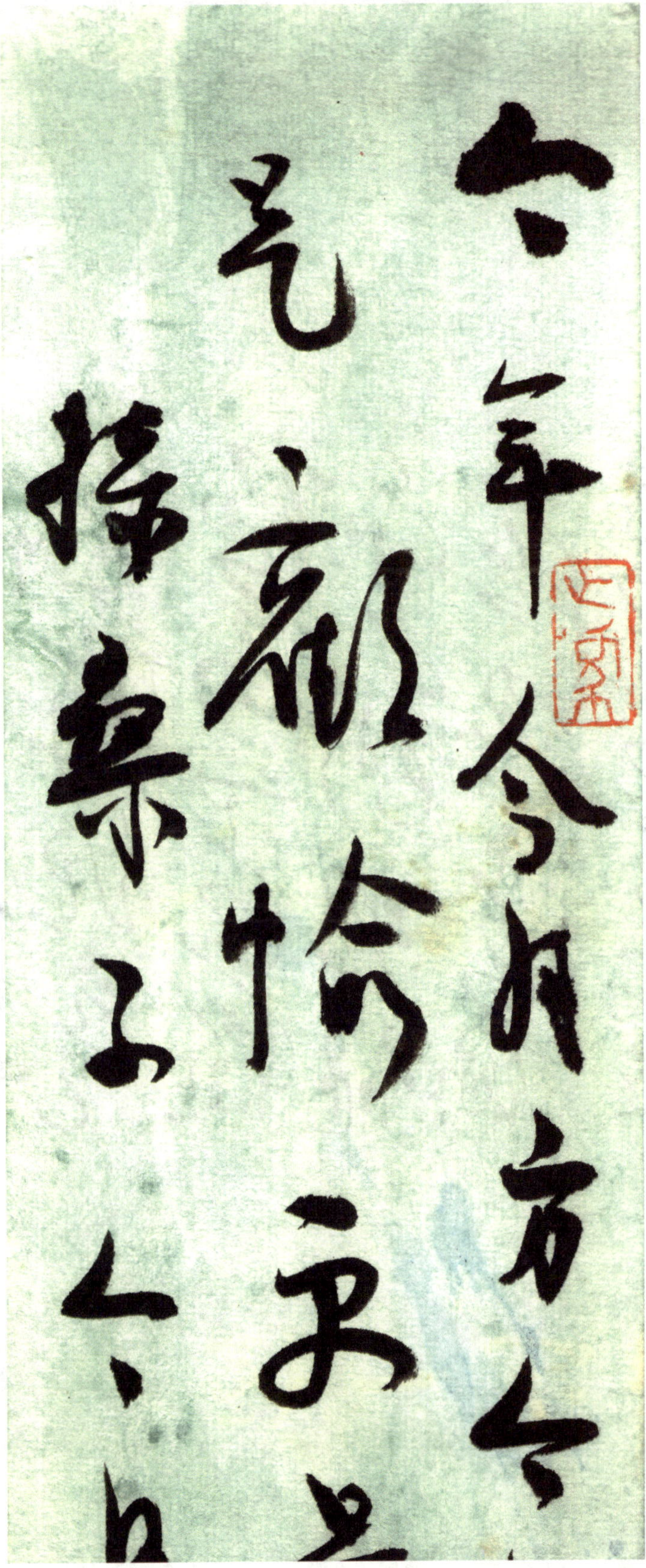

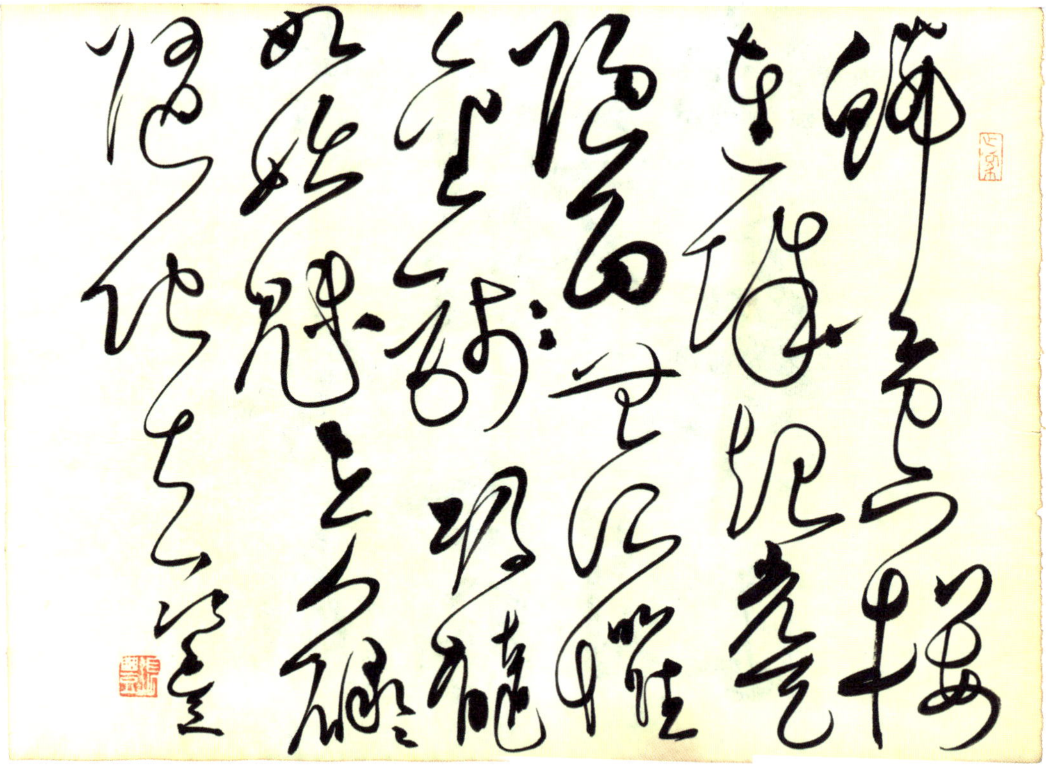

११.डलरको जादू

金魔

यो पनि खाली, त्यो पनि खाली
सबका सब नै खाली घर
जिङ्ग्रिङ्ग उभे जस्तै लाग्छ
दिनको राँको बाली डर

कस्तो किच्चकन्या यो डलर
हेर्दा सुन्दर जस्तो छ
यै कारण हो कि यहाँ मान्छे
सब्जीभन्दा सस्तो छ

鳞鳞空楼连城起
光天陋面无所惧
金钱吸髓如妖魅
世人碌碌随她去

१९.सेप्टेम्बर २००८

译于 2016.2.10

* 注：此诗中妖魅是指克琦龛雅，尼泊尔神话中的一个女妖，专门趁人不备吸取魂魄。

१२.आवाज

टेक्सस्, तिम्रो घरमा मान्छे
मात्र चिटिक्क लुगा हो बस्
सायद अब ऊ यो जान्दैन
दुःख र सुखको के हो रस

के हो बाबा, के हो पैसा
मान्छे पहिला मान्छे होस्
मुटुमा मुटु होस्, आँखाबाट
आँसु सही बस्, सल्ल बगोस्

१९सेप्टेम्बर २००८

心声

德州德州 其室有人
其室有人 其人如陈
或其不解 悲喜人生
财货何用 人将不人
人当为人 梦当有心
梦当有心 泪雨纷纷

译于 2016.2.11

德州德州甚寶有人甚寶有人其
人如陳或甚不能慈悲人生財貨何
用人將不人人當為人夢當為
心夢當有心當有當去去淚兩行行

乐晨釋渡伽詩 丙申春 晨書

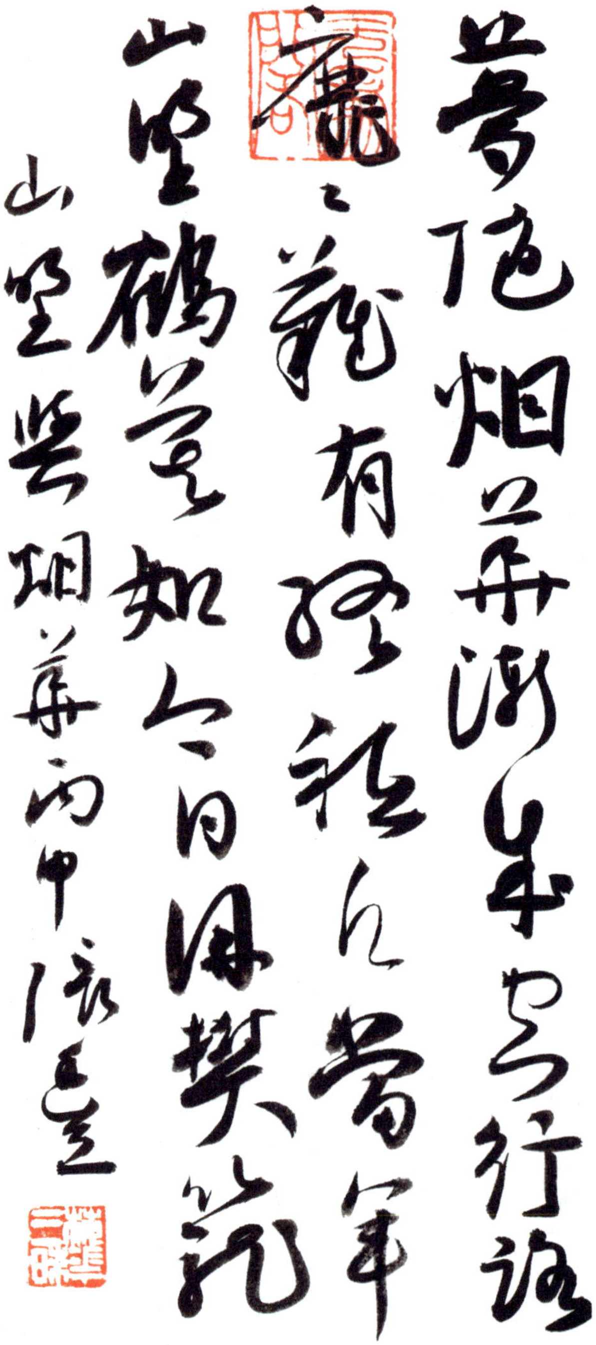

१३.प्रगति र प्रकृति

山野与烟华 【绝句】

प्रगति ! तिमीसँग लाग्दा आज
धेरै धेरै नै ठगिएँ
जानु भनेको पुग्नु हैन, यो
उल्टो दर्शनमा म फसेँ

हिजो प्रकृतिसँग रहँदा लिन्थें
पदपद लक्ष्य चुमेको स्वाद
आज त्यसै अवरुद्ध भयो हा !
मेरो अभ्यन्तरको नाद

梦随烟华渐成空
行路靡靡难有终
只愿当年山野鹤
莫如今日困樊笼

१९सेप्टेम्बर २००८

译于 2016.2.10

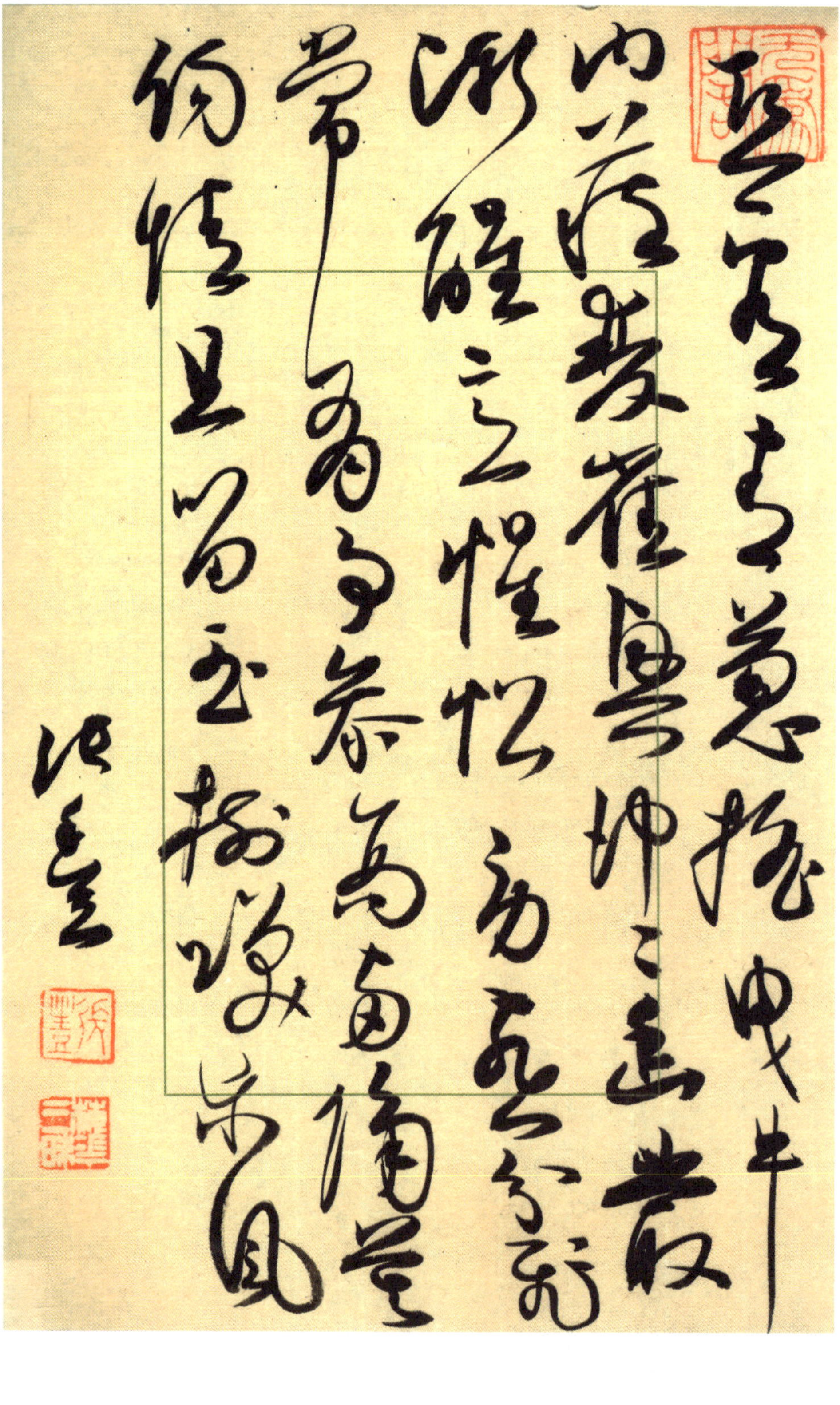

१४.लीला

演饰【浣溪沙】

हेर्दै म थिएँ, भ्याङ्ग हल्लियो
काउकुती पो लाग्यो कि
भित्र भँगेरा-जोडी चल्दा
उसको मन पनि जाग्यो कि

छिनमै त्यतिका मुस्कान त्यसै
भ्याङ्गैमा लट्काएर
दुबै उडेर गए ती जोडी
दोबाटोझैं फाटेर

१९सेप्टेम्बर २००८

喜看青葱摇曳中
内藏双雀兴冲冲
幽丛渐醒意惺忪

劳燕分飞常有事
参商两隔莫伤情
且留玉树笑东风

译于 2016.2.9

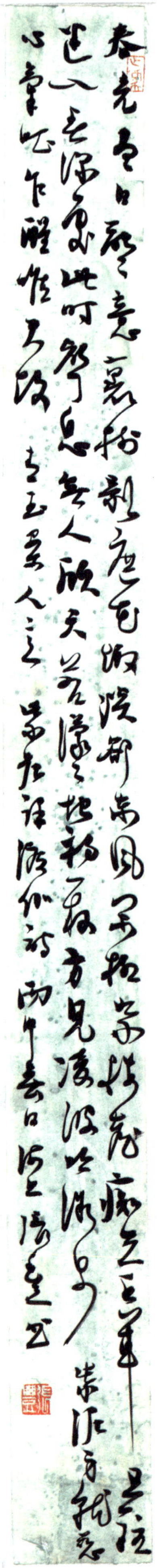

१५.मान्छेको मूल्य

दिनले ओढ्यो घाम घुपुक्क
यो क्षण कति सुनसान
घर, गाडी अनि हरियो प्रकृति
जति छन् सब निस्प्राण

पुग्छ यहाँ जब यौटा मानिस
घटना बन्छ महान्
सबले हेर्छन् आँखा खोल
बौराएझैं प्राण

१९सेप्टेम्बर २००८

人意 【青玉案】

春光尽日融融意
裹树影 遮花趣
淡却东风闲柳絮
楼台痴立 香车且驻
迷入春深处

此时声息无人顾
天若濛濛地初聚
方见凌波吟微步
紫泥身就 慈心气吐
乍醒唯君故

译于 2016.2.28

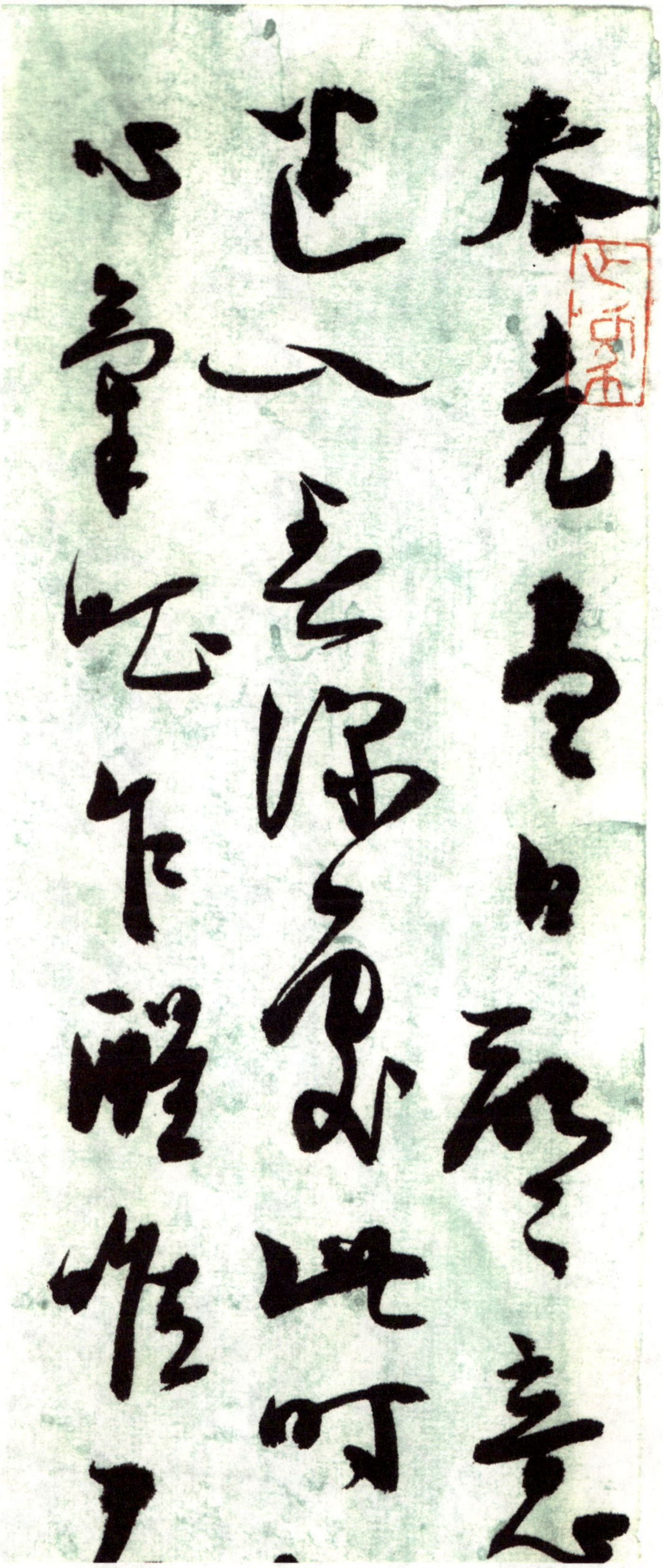

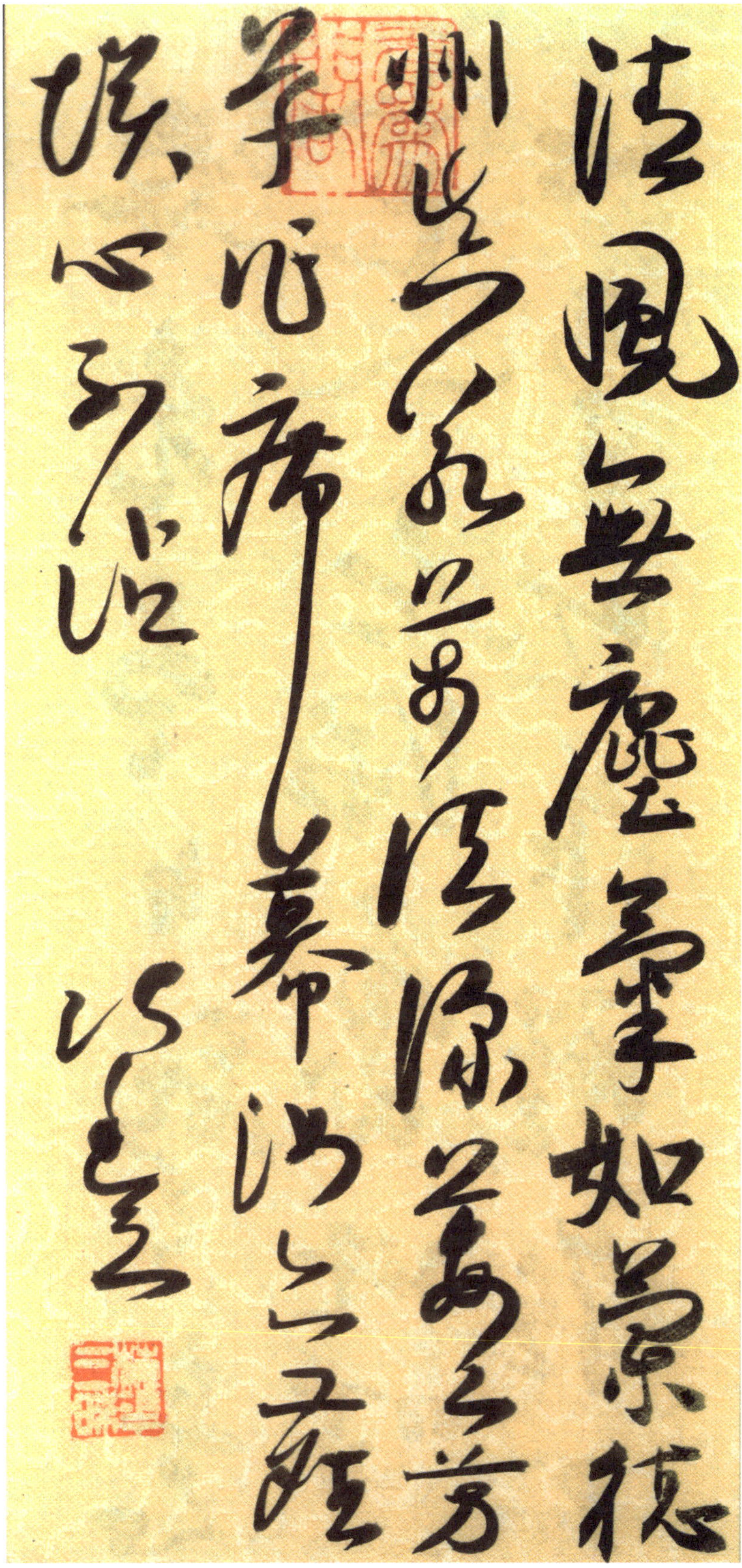

१६. प्रश्न

धूल बिनाको हावा जस्तो
अर्को के हुनु सुन्दर फूल
टेक्सस्, तिमी मलाई लाग्यो
यै जादूको उद्गम मूल

स्वागतखातिर व्याप्त यहाँ छ
हरियो घाँस-गलैंचा-तुल
तैपनि यो मन किन ठान्दैन
त्यो स्वागत आफ्नो अनुकूल

२० सेप्टेम्बर २००८

惑

清风无尘气如兰
德州真若万法源
萋萋芳草作席幕
汝亦尘埃心不沾

译于 2016.2.8

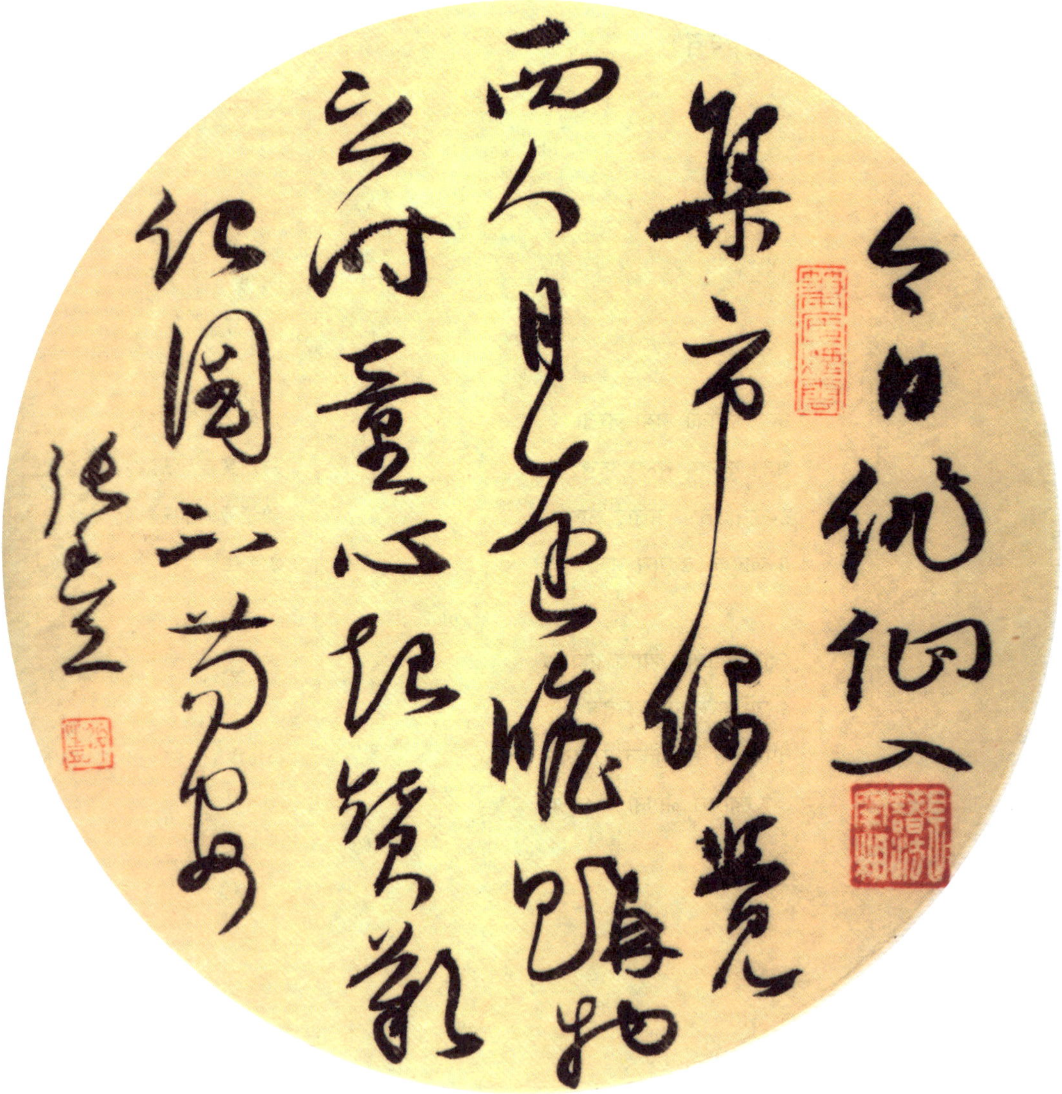

१७.अमेरिकी कला

美国之术

यताउता घुम्दै मार्केटमा
पस्दछ हाम्रो टोली
अमेरिकाको देख्छु म आँखा
हेरिरहेको ‘भोलि’

बस्तु खरिद्दै बन्न पुगेछु
म जहाँ बच्चाजस्तो
धन्य यहाँका व्यापारिको
वाणिज्य-कला कस्तो

今日徘徊入集市
偶觉西人目远瞻
购物之时童心起
赞叹他国不苟安

२० सेप्टेम्बर २००८

译于 2016.2.8

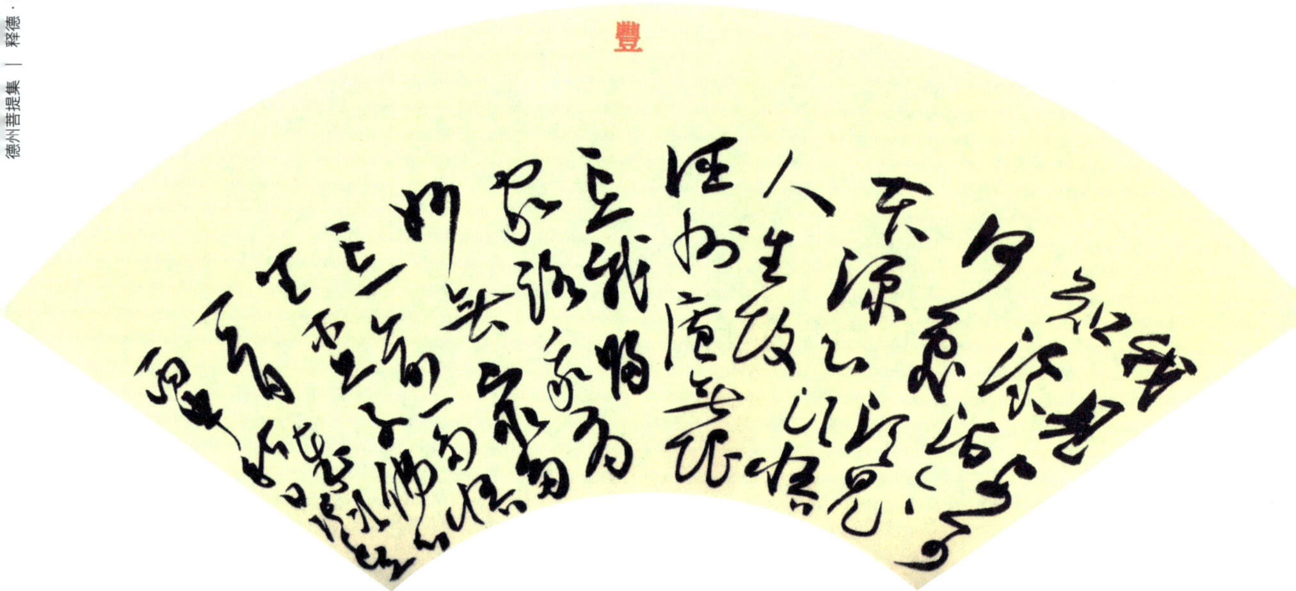

१८.बुद्ध-मन

佛心 【生查子】

के हो यो कति देखें भन्नु
के हो यो कतिसम्म पुगें
के हो यो कतिसम्म पुग
चिन्नु त मैले मै पो रै'छ

टेक्सस्, तिम्रो विशालतामा
कहाँ कहाँ म हराइरहें
तर आफ्नो अस्तित्व गजब हो
हराउँदै पो पाइरहें

我见安可知
漂泊今何处
须见本源心
须悟人生故

德州广无垠
忘我归家路
我有妙无穷
多忘愈多悟

२० सेप्टेम्बर २००८

译于 2016.2.8

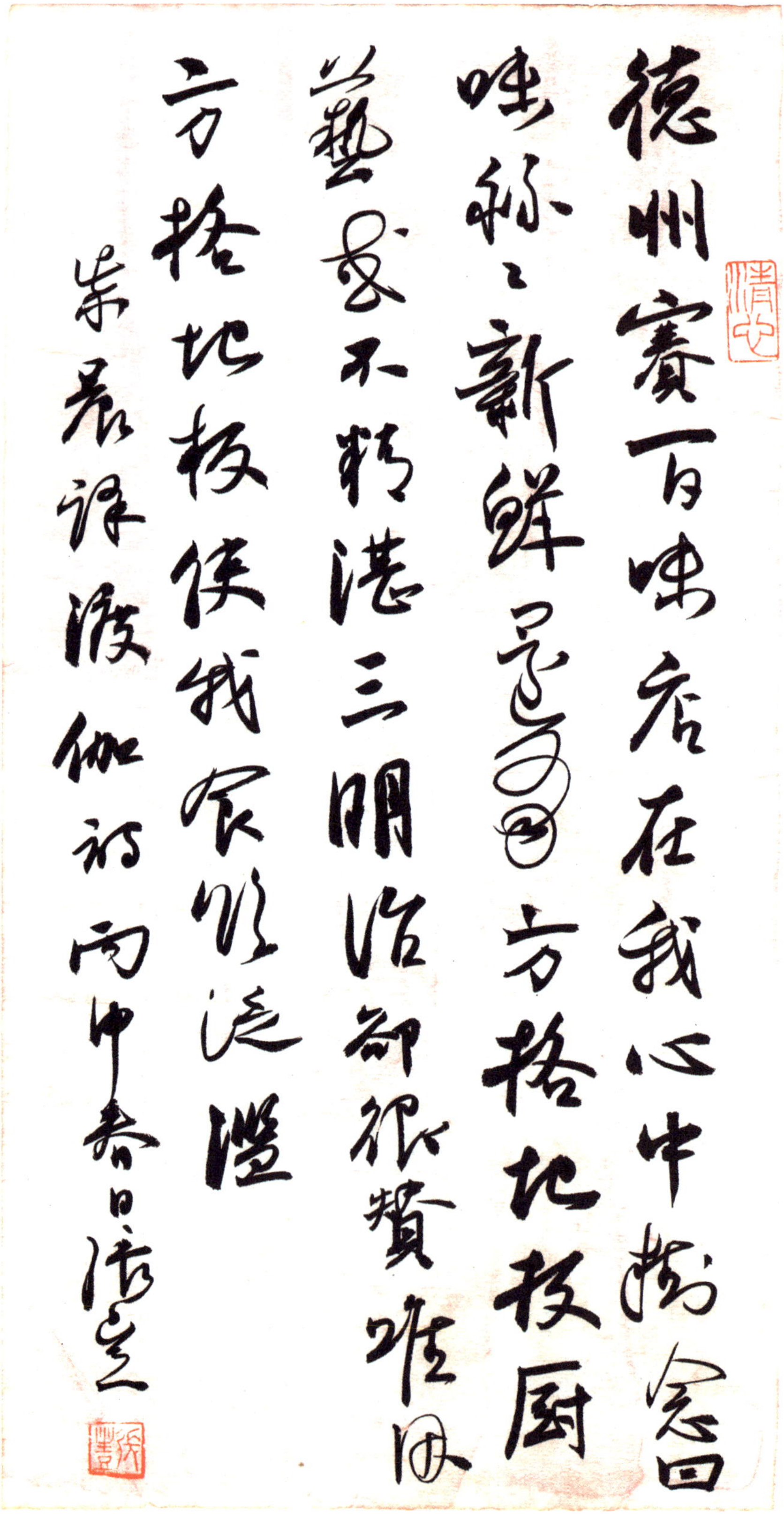
德州賽百味在我心中懷念回

१९.सबवेको स्यान्डविच

赛百味三明治

पसल त आयो नै हो -सबवे
तर झल्झल्ती आउँछ याद
बुट्टेदार भूईंका इँटा
सम्झी मनले पाउँछ स्वाद

हैन सके पकवान-कलाले
स्यान्विच मीठो लागेको
लाग्छ मलाई, त्यै इँटाले
मेरो तलतल जागेको

德州赛百味店
在我心中挂念
回味丝丝新鲜
还有方格地板
厨艺或不精湛
三明治却很赞
唯因方格地板
使我食欲泛滥

२० सेप्टेम्बर २००८

译于 2016.2.8

* 注：赛百味是美国的一个快餐连锁店品牌。

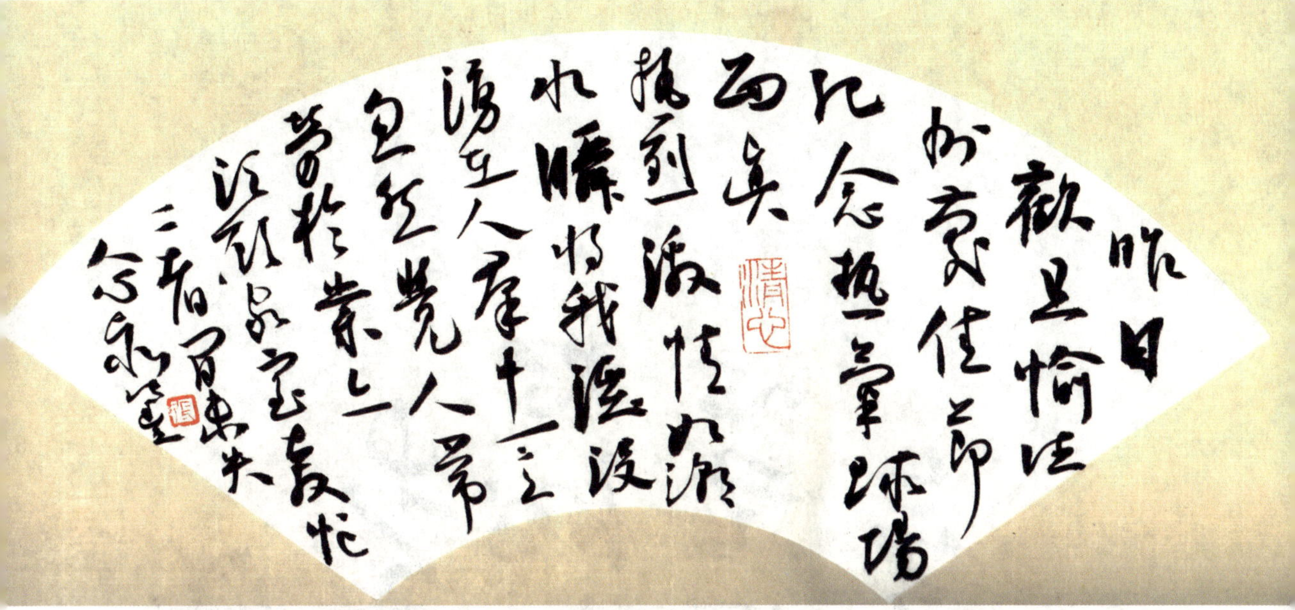

२०.बेलुन चाड

हामीले पनि हिजो मनायौं
टेक्सस, तिम्रो 'बेलुन-चाड'
छिनभर नै होस् पायौं हेर्न
हर्षोल्लास-खुशीको बाढ

त्यो भीडैमा ज्योती बलेभैं
मनमा चेतनता खुल्छ–
घर–आफिस, आफिस-घर गर्दै
चल्नेको पनि मन हुन्छ

२१सेप्टेम्बर २००८

气球节

昨日欢且愉
德州庆佳节
纪念热气球
场面真热烈
激情如潮水
瞬将我湮没
涌在人群中
一意忽然觉
人常劳于业
亦须顾家室
奔忙两者间
未失人心赤

译于 2016.2.8

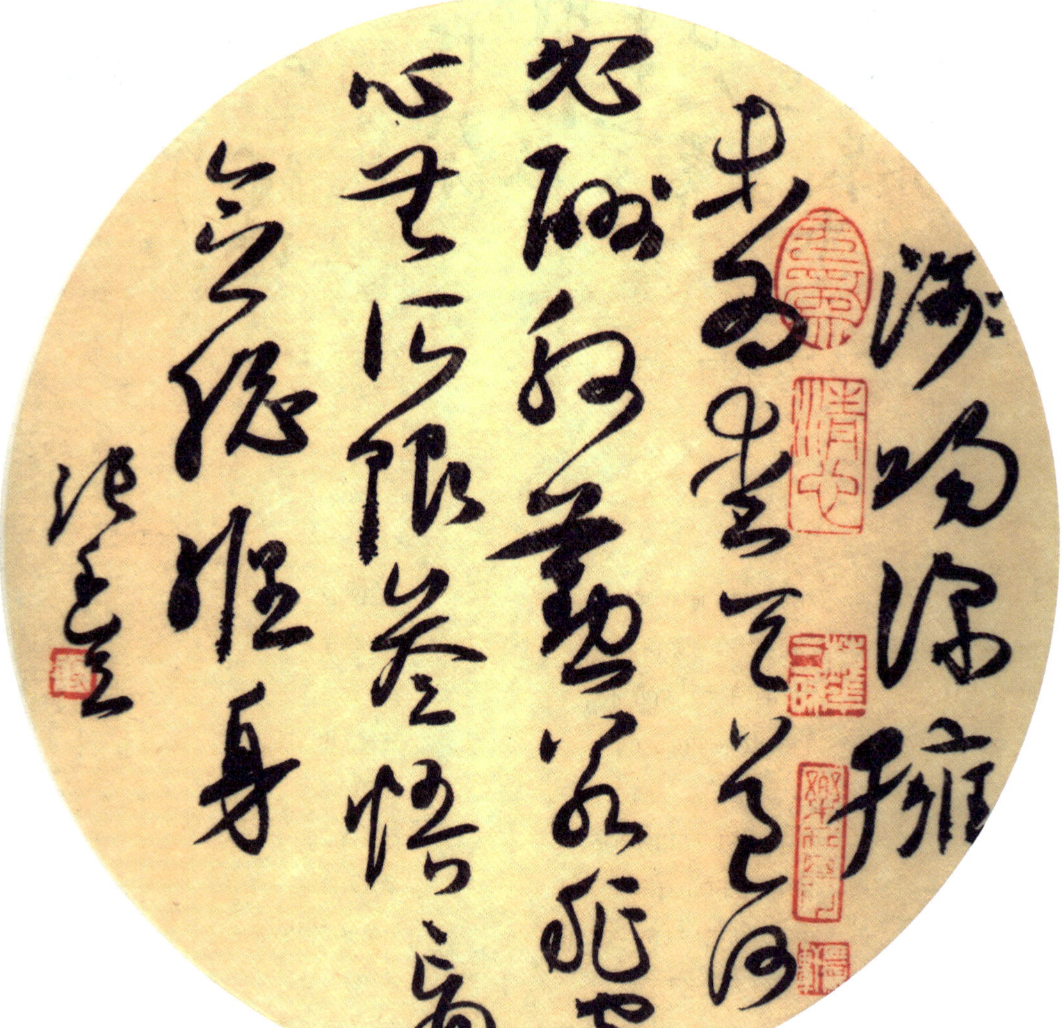

२१.सीमा बन्धन

破境

फुस्रो चुम्बन, आलिङ्गनमा
के हुनु आत्मा ममताको
रुन्छ त्यहाँ पसिना पनि कि जहाँ
हुन्न धरातल समताको

किन्तु मेटिने छैन छैन है
प्यास मुक्तिको तबसम्म
हाम्रो मन-मस्तिष्कै हुन्छ
सीमा-बन्धित जबसम्म

浅吻深拥未为爱
天道何必酬殷勤
若非空心无所限
参悟妄念总缠身

२२ सेप्टेम्बर २००८

译于 2016.2.8

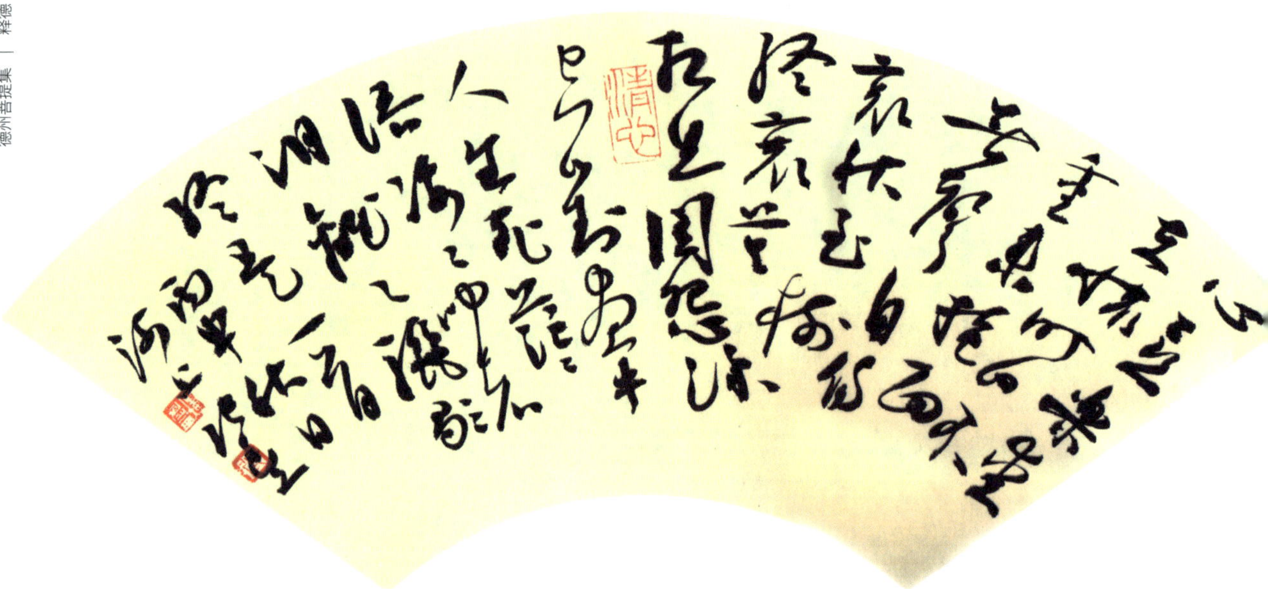

२२. लोकसत्य

‘प्रेम हिजो हाँसेर लिएको
आज त्यही भो शोक
बिर्सन शोक म शोक सँगै छु
सत्य यही हो लोक’

यौटी बिधवा आफ्ना पतिको
बस्दै चित्रसँगै
सुस्केरामा बोल्दै गर्दा
मन पग्ल्यो सललै

२२ सेप्टेम्बर २००८

终是 【骊歌】

心喜乐
爱在怀
昨日不重来
掩面无声自伤哀
秋至树终衰

莫相思
闺怨深
空对画中人
生死茫茫语凄凄
闻者泪离离

译于 2016.2.23

* 注：词牌【骊歌】是李叔同根据外国歌曲自度，其《送别》曲今流传甚广。谱例当如：平仄仄，仄仄平，中仄仄平平。中仄平平仄平平，中仄仄平平。仄平平，中仄平，中仄仄平平。中仄平平仄平平，中仄仄平平。

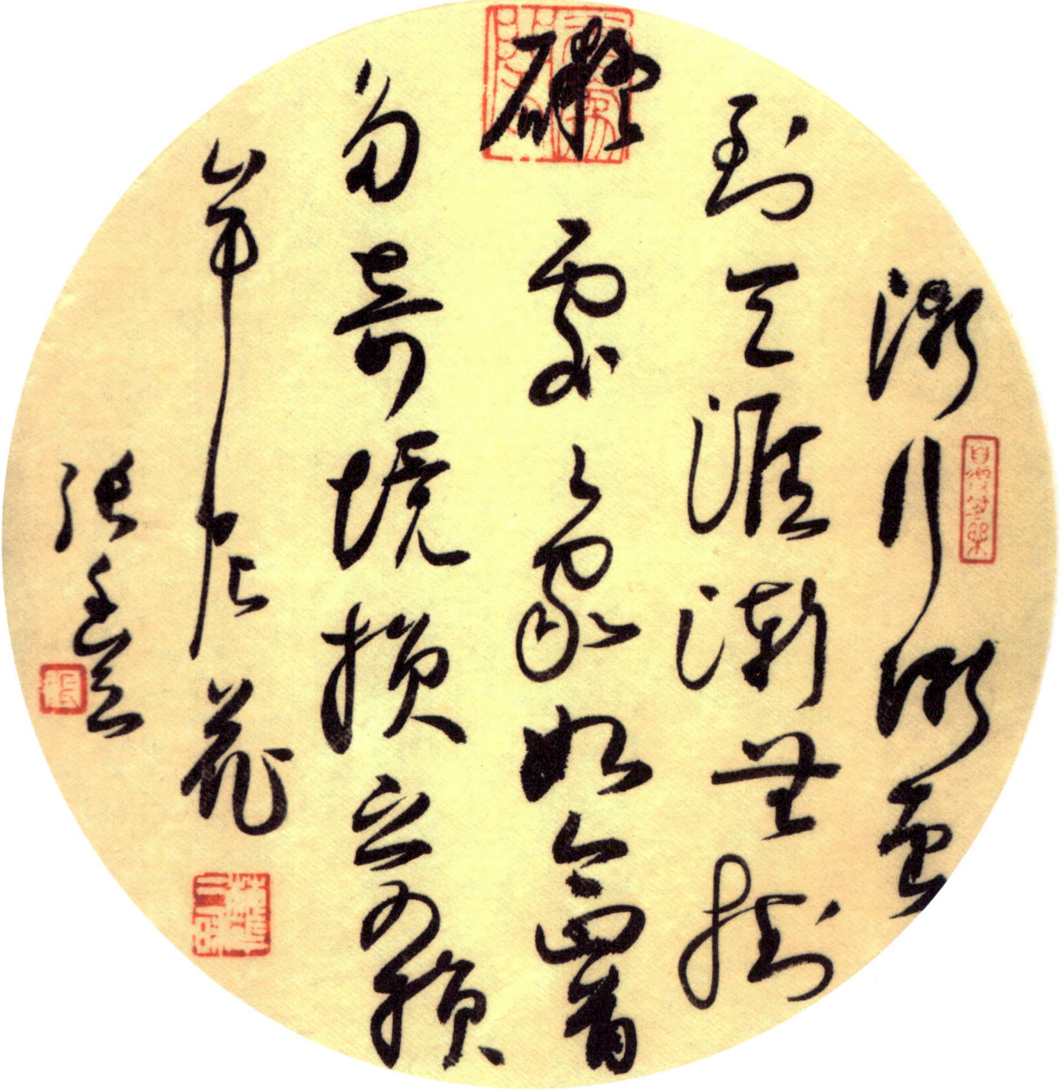

२३. अनुभव

历练

पर पर भन्दै जति जति जानु
घुम्नु स्वदेश-विदेश
उतिउति आफ्नो पर्दा आफै
खोल्दै जानु रहेछ

आज यहाँ पनि जति जति हेर्छु
दृष्य म ओल्लो-पल्लो
उति उति पाउँछु आफैलाई
कमजोरीको डल्लो

渐行渐远到天涯
渐无挂碍处处家
如今回首多奇境
损之又损牟尼花

२२ सेप्टेम्बर २००८

译于 2016.2.8

२४.सहानुभूति

टेक्सस्, पिउँछु म शान्ति सखारै
तिम्रो आँगन टहलेर
चमचम पार्छु म आँखालाई
हरियालीमा रगडेर

तैपनि किन हो किन हो मेरो
आउँछ आँखा भरिएर
गर्मीको यो बेलामा पनि
पात भिजेको देखेर

२२ सेप्टेम्बर २००८

同情

德州天欲晓
息息安且宁
庭院草茵茵
挲摩双目明
夏日叶上露
一见泪涔涔

译于 2016.2.11

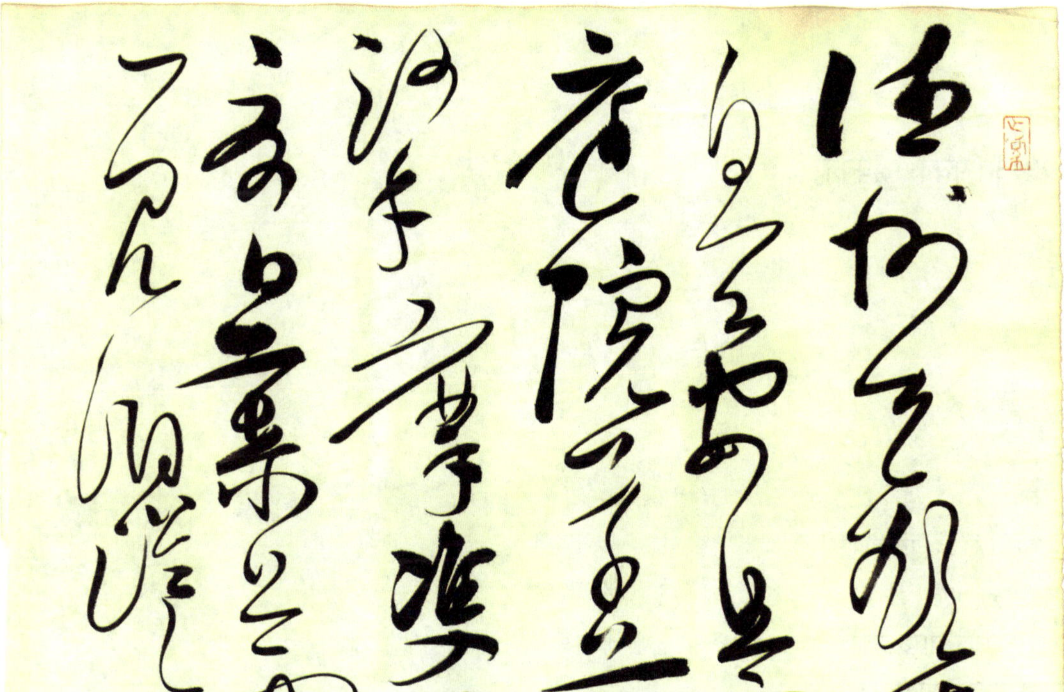

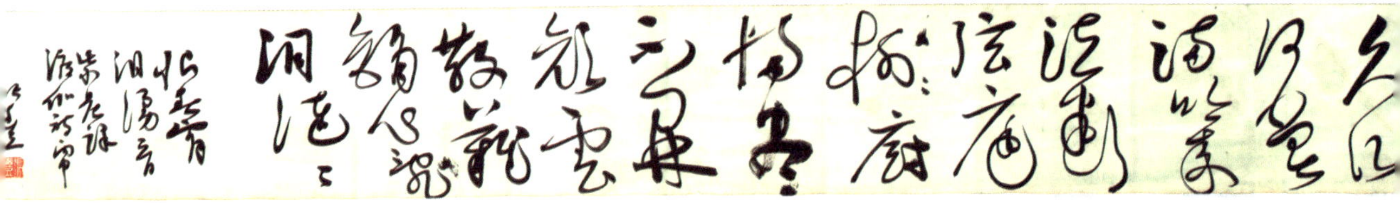

२५. आँसुको ढिक्को

泪涌 【恨春宵】

निशदिन हिँड्दै गर्ने बोकी
पूर्ण नहुने धोको
हर मानिसनै लाग्छ मलाई
आँसु-कथाको पोको

यो चलहल, यो हाँसो-रोदन
सबका सब छन् फिक्का
आँसु आँसु हुन् देख्छु म केवल
अहिले ढिक्का ढिक्का

久愿何尝满
吟来泣断弦
庭厨扫尽不开颜
云散难销心乱
泪涟涟

२३ सेप्टेम्बर २००८

译于 2016.2.13

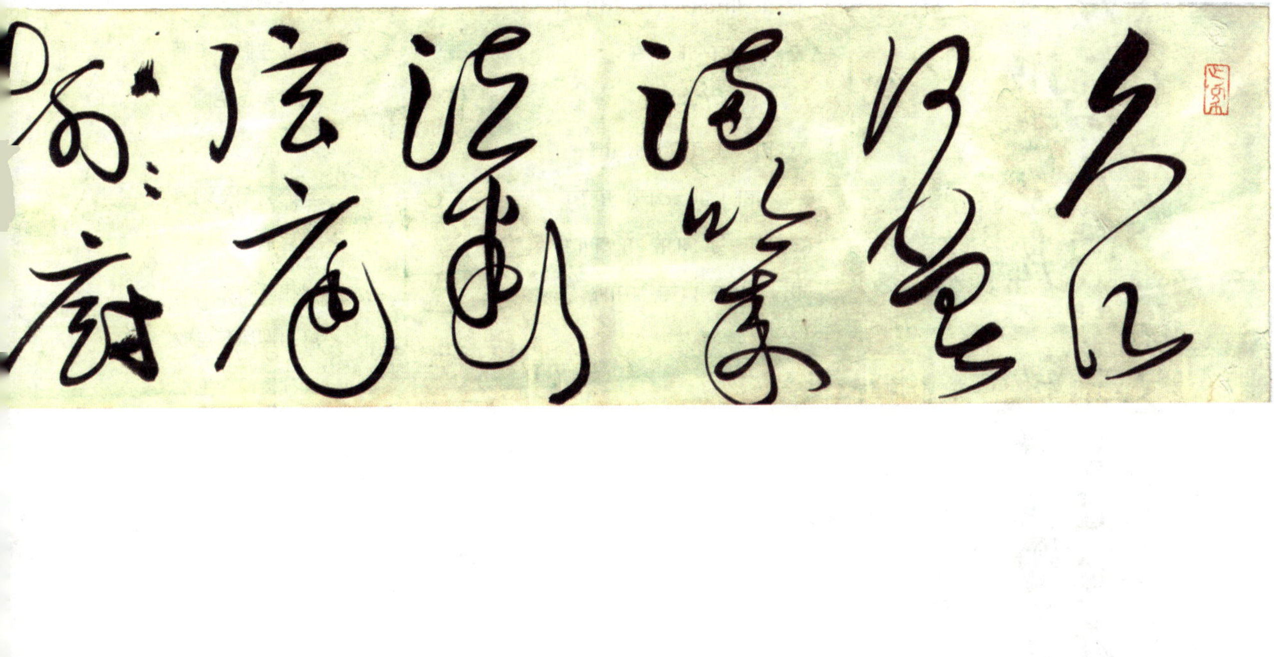

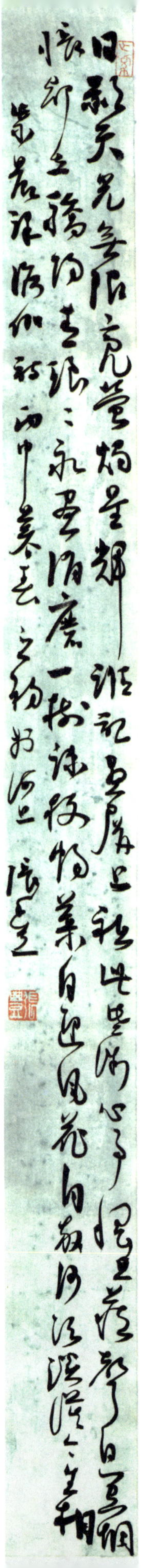

२६. रुख

हुन त उज्यालो यो अरु हैन
घाम उदाएकै हो खास
तर यो यत्ति छ गुम्म नियास्रो
फेर्नै छोडेजस्तो सास

तर घामैमा तप्त रहे पनि
रुख अहो ! कति धन्य महान्
हल्लीकन ऊ अझ यो क्षणको
जीवितताको दिन्छ प्रमाण

२३ सेप्टेम्बर २००८

青木 【蝶恋花】

日影天光无限亮
萤烛星辉
谁记画屏上
只此些微心事惘
且藏声息空惆怅

却立骄阳青琅琅
永昼消磨
一树疏枝畅
叶自迎风花自放
何须淡漠今生相

译于 2016.2.20

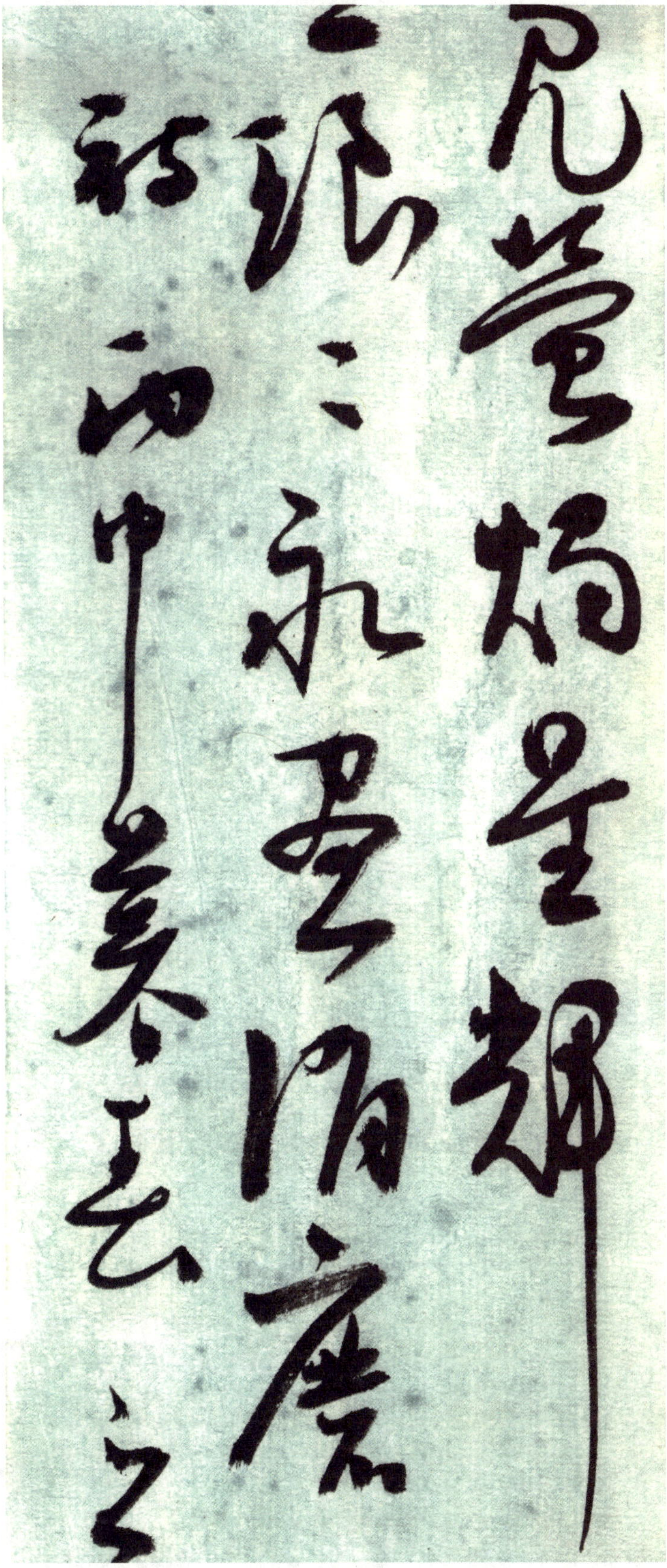

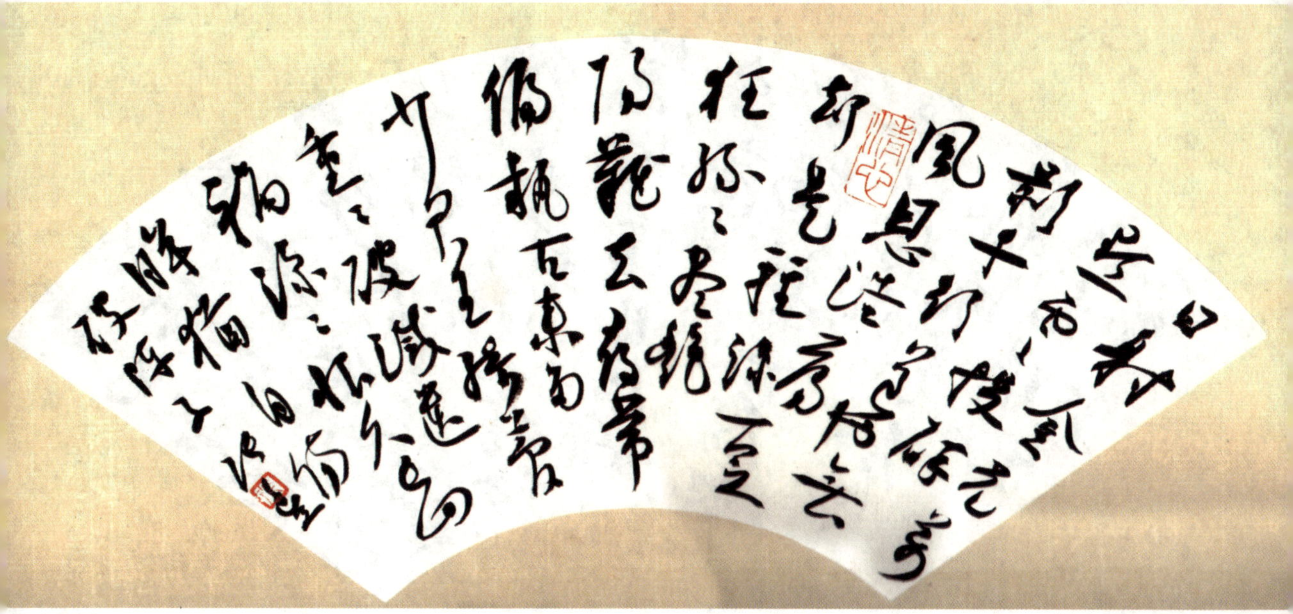

२७.डम्भ

सूर्य फुट्यो कि कसो ए त्यत्रो
तेजवन्त, अभिराम !
यताउता छरिएको हेर
टुक्रा-टाक्री घाम

आफ्नो डम्भ प्रदर्शनले, हो
सूर्य त फुट्यो फुट्यो
उसका टुक्राले पनि यसरी
मेरो दृष्टि बिभ्यो

२४ सेप्टेम्बर २००८

我执 【破阵子】

日射金光万点
云投碎影千行
道也无风恩浩荡
却是轻疏一念狂
丝丝尽艳阳

难去寻常偏执
古来多少君王
绮梦重重终破灭
遗祸深深恨久长
回眸犹自伤

译于 2016.2.21

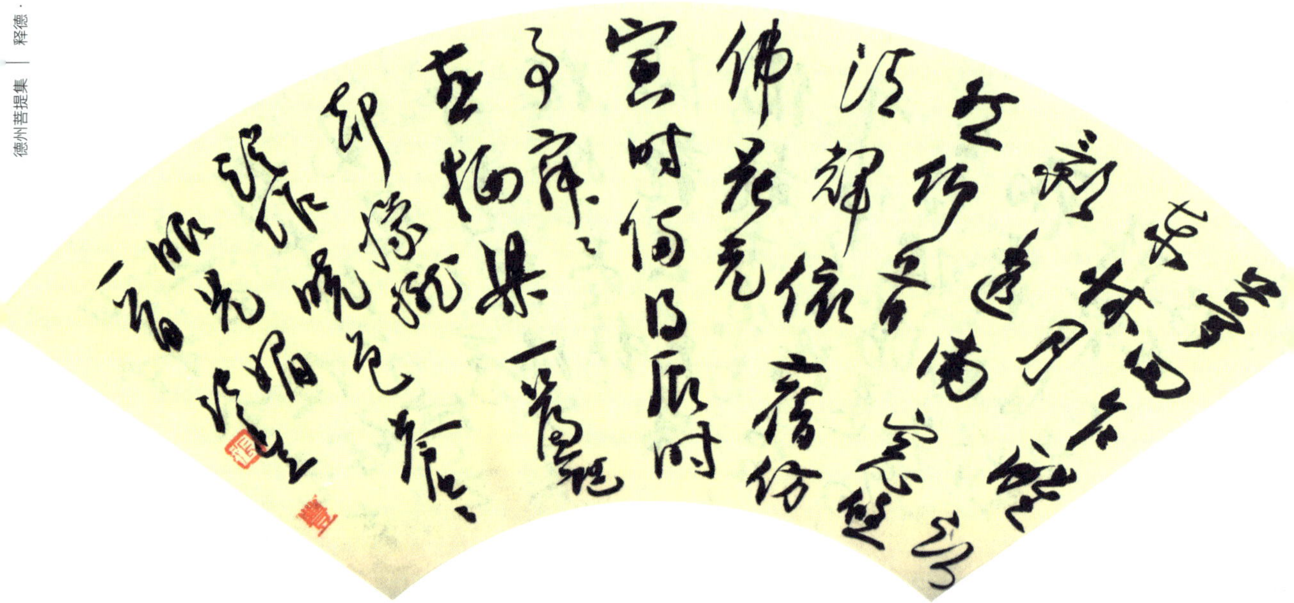

२८.झ्यालको पर्दा

बिउँझेपछि म विछ्यौनाबाट
बाहिर हेर्छु हठात्
भोर भए झैं लाग्छ मलाई
स्तब्ध जुनेली रात

हतपत उठ्छु र मुखसुख धुन्छु
छैन चराको गान
कुन्नि झ्यालको किन यो पर्दा
दिन्छ मलाई भान

२४ सेप्टेम्बर २००८

帘【眼儿媚】

梦回乍醒卧东床
月影透南窗
悠然仰首
清辉依旧
仿佛晨光

寅时备得辰时事
寂寂燕栖梁
一帘遮却
朦胧误作
晓色苍苍

译于 2016.2.17

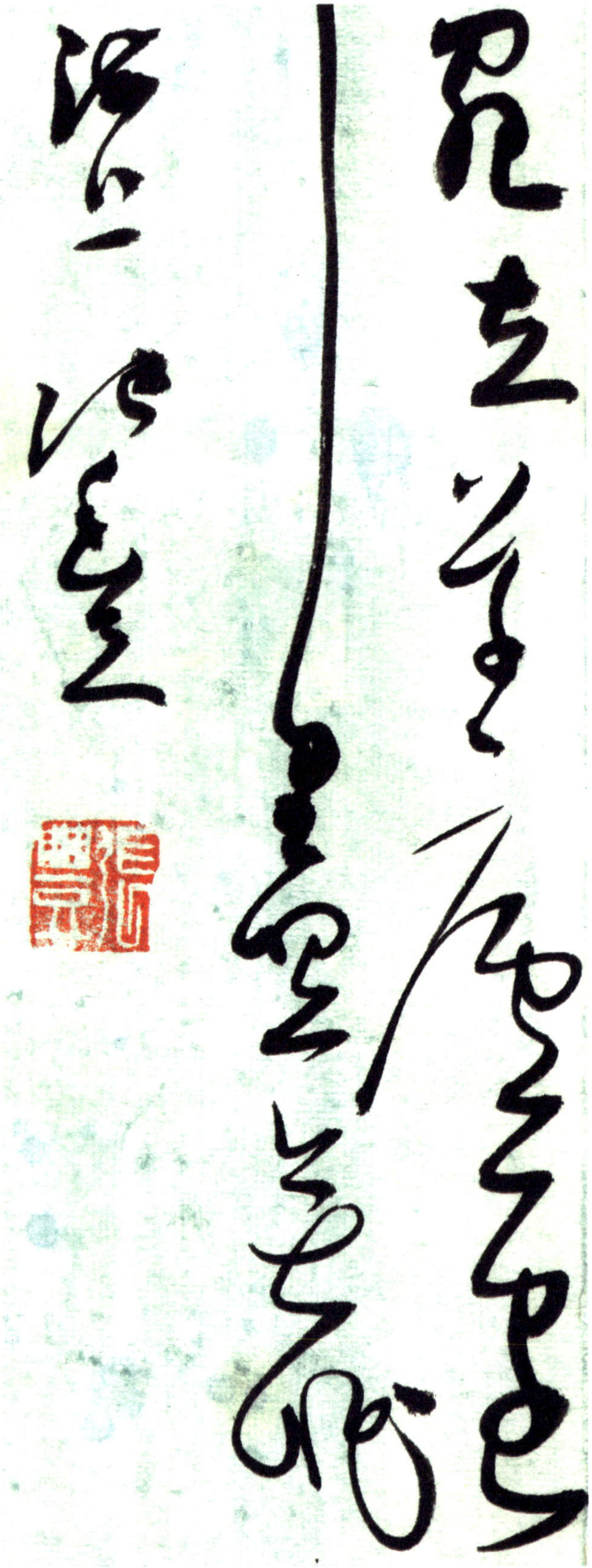

२९.प्रेम अनौठो छ

अलि अलि मात्रै पात बचेको
सामु छ यौटा खैरो रुख
आज अचानक त्यसमा देखें
झुल्किरहेको तिम्रो रूप

तिम्रो मेरो प्रेम टुटेको
उहिल्यै हो तर के थाहा
एक्कासि तिमी झुल्क्यौ फेरि
जुगपछि, त्यो पनि यति टाढा

२४ सेप्टेम्बर २००८

爱殊 【少年游】

秋风吹落叶连天
低树褪清颜
蓦然回首
当年驿柳
宛立草庐边

铭心刻骨今何在
岁岁问难言
仿佛眼前
月明依旧
千里照无眠

译于 2016.2.14

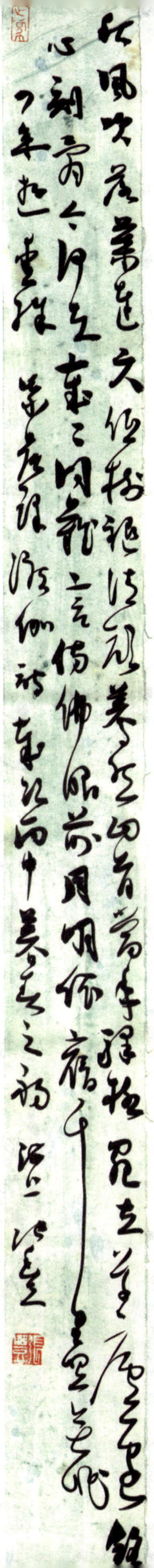

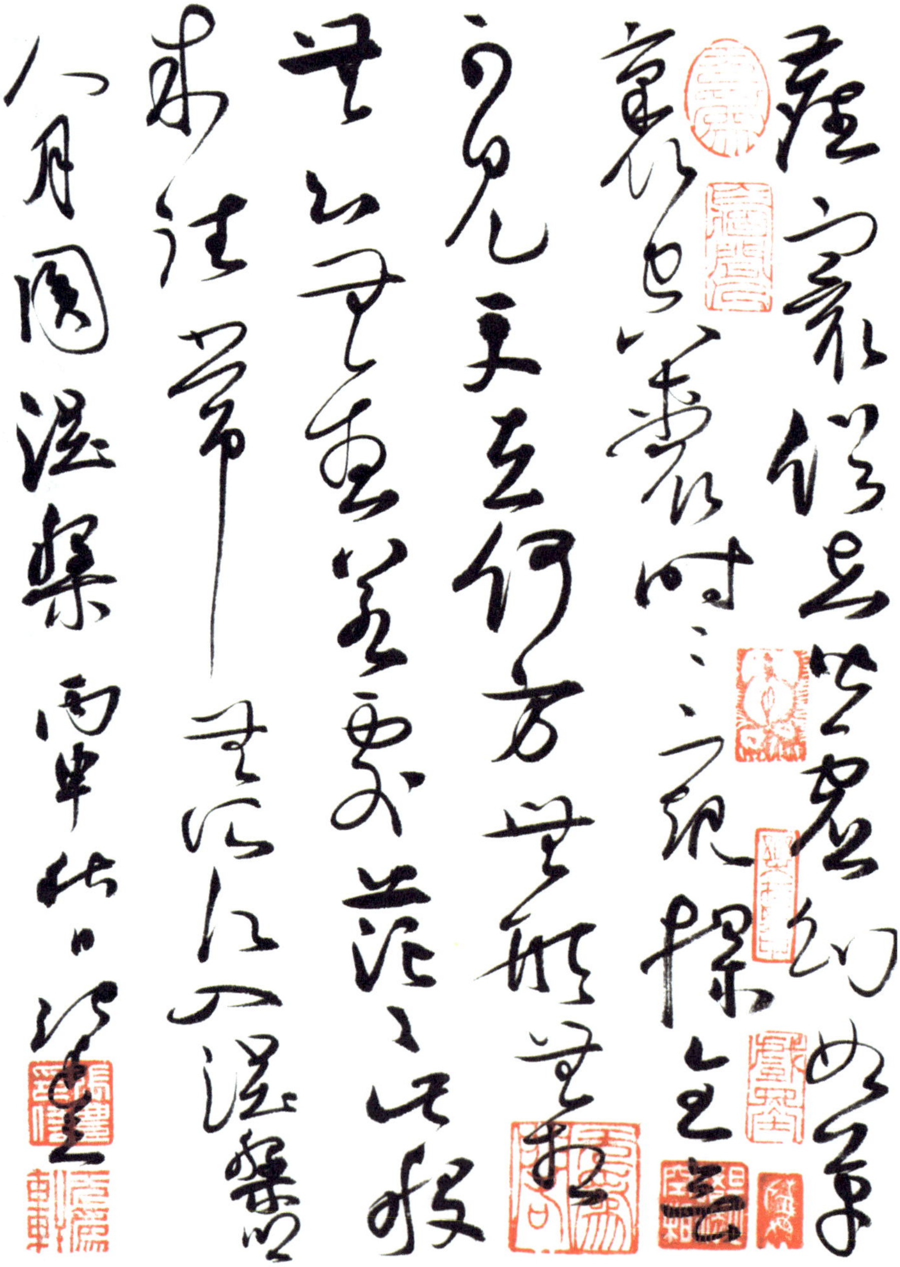

३०.निर्वाण

涅槃【人月圆】

यो आँगन, आँगन नै हैन
शून्य भरेको बेलुन हो
दिउँसो म यहाँ हर दिन देख्छु
शून्यात्मा आखिर के हो

छैन यहाँ हो केही छैन
लाग्दछ तर यो नै हुनु हो
डुब्नसके चुर्लुम्म यसैमा
के यो नै निर्वाण नहो ?

२४ सेप्टेम्बर २००८

尘寰俗世皆虚幻
如革裹空囊
时时窥探
全无可见
更在何方

无形无相
无心无想
若处茫茫
此般来往
常无所愿
入涅槃乡

译于 2016.2.15

३१.स्वर्ग चरा

天鸟 【一剪梅】

आह ! चरा यो जुन देख्दैछु
जीवनमै हो पहिलो बार
यति सुन्दर कि खुल्यो देख्दैमा
मेरो मनको स्वर्गिक द्वार

जब यसको मन हुन्छ उमङ्गित
छातीमै बत्ती बल्छ
त्यसै त्यसै लट्टिन्छे पोथी
जब यसको नर्तन चल्छ

२५ सेप्टेम्बर २००८

翠羽黄花道里逢
一见倾心
再见钟情
凝眸娇俏妙姿容
如入天门
又入春风

跃起欢歌千百声
舒展胸襟
若展明灯
莫将轻舞影伶俜
盼得郎来
归得桥东

译于 2016.2.18

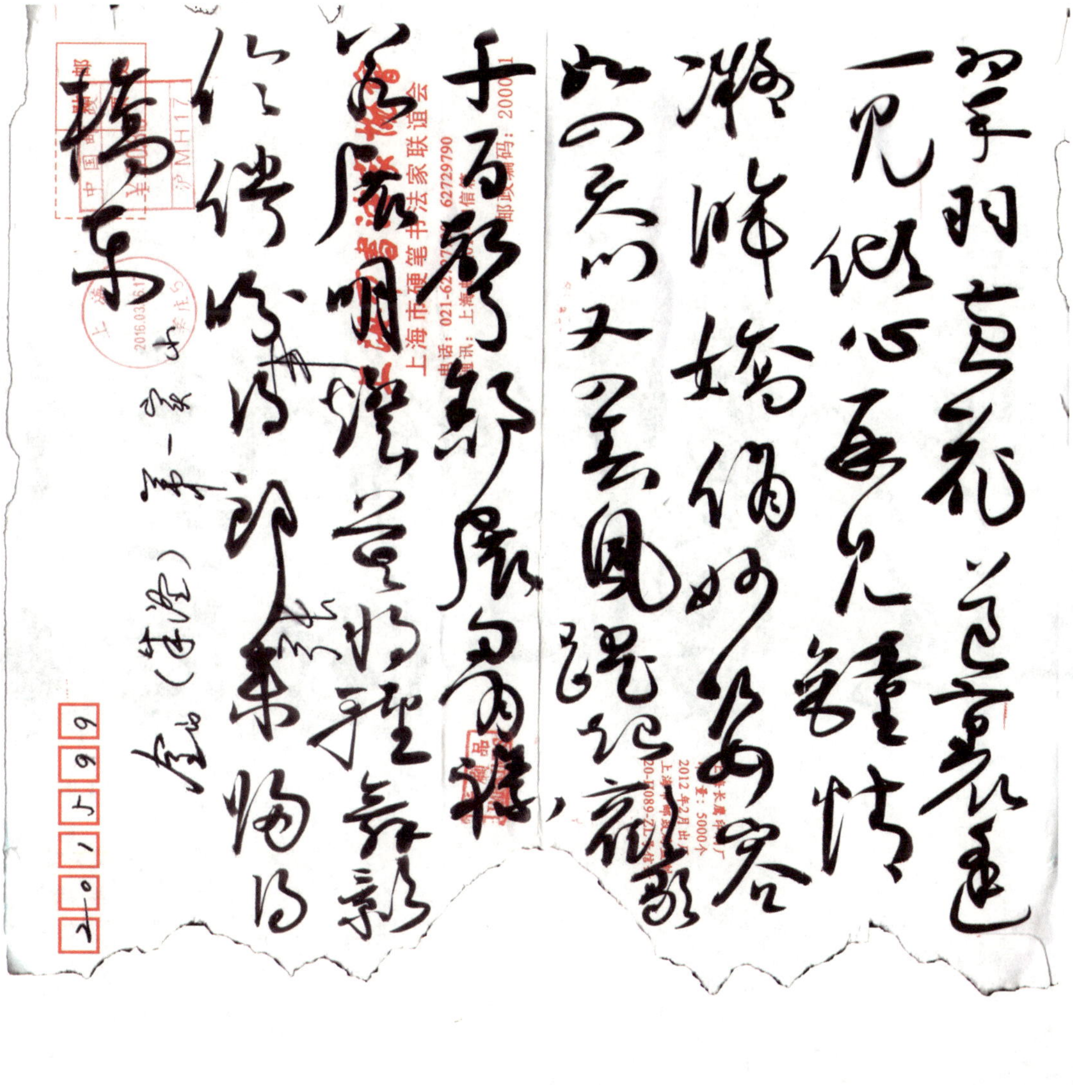

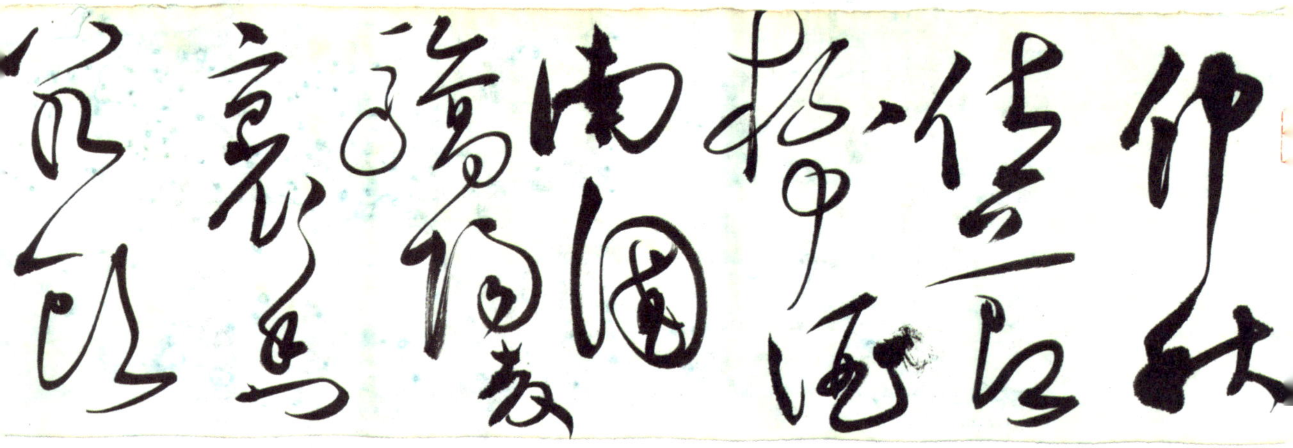

३२. दशैंको नाम

德赛节 【绝句】

एकै पेग भए पनि लिइयो
आज दशैंको नाम
जमरा-फूल थुंगोभैं देख्छु
टेक्सस्को यो घाम

देख्छु नशाको रङ्ग चढेभैं
भुमभुम यो सुनसान
मौनले पनि लाग्छ लिएभैं
मालसिरीको तान

仲秋佳节杯中酒
南国骄阳麦里香
若饮芬芳心透彻
如闻曼曲乐悠扬

२५ सेप्टेम्बर २००८

८दशैं : नेपालको एक राष्ट्रिय पर्व
८जमरा : जौको पालुवा जुन दशैंको मूख्य फूल हो।
८मालसिरी : दशैंमा गाइने मौलिक शास्त्रिय रागको धून

译于 2016.2.17

* 注：仲秋是尼泊尔传统的德赛节，为期半月。过节时有在耳朵上夹大麦新谷的习俗。曼曲是指德赛节演奏的一种传统拉格曲子曼拉室利。南国指得州。

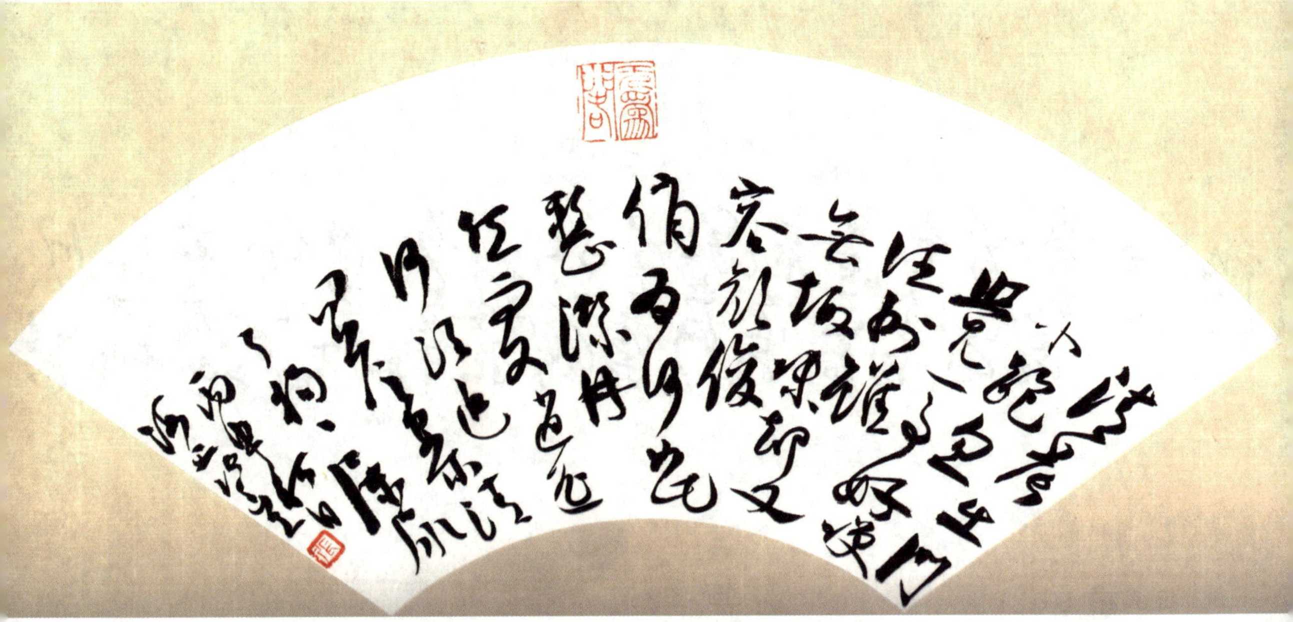

३३.टेक्ससको सुन्दरता

德州之美

एक बिहान टहल्दै मेरो
चेत अपर्झट खुल्छ
असुन्दरैमा, टेक्सस् तिम्रो
सुन्दरता कति फुल्छ

किन छ यहाँ यति सुघरसफाइ
किन यो शान्ति-सुविस्ता
रहस्य यै हो, कि यहाँ मालिक
पुछ्छ कुकुरको बिस्टा

清晨出门小跑
忽觉一事好笑
德州虽无趣味
却又容颜俊俏
为何如此整洁
井然而又逍遥
何须追问答案
清了狗狗屎尿

२५ सेप्टेम्बर २००८

译于 2016.2.11

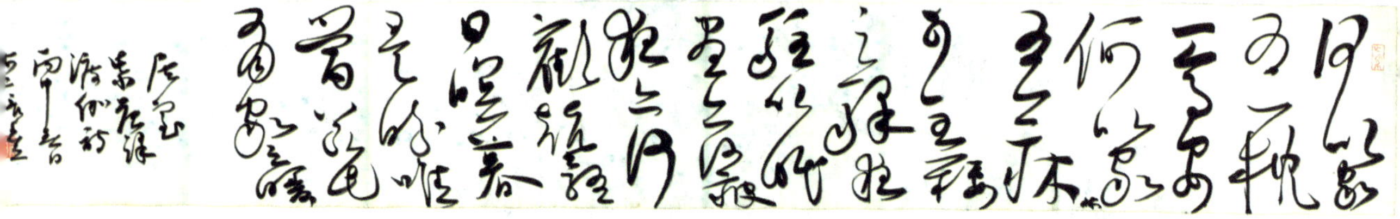

३४.यो घर

यो घर के हो ? यौटा तकिया
अनि यौटा बस् खाट न हो
जाबो यौटा नीद बिसाउन
त्यो पनि केवल रात न हो

दिनभर रात छ यस्को निम्ति
हुन्छ प्रतीत कि बन्द छ सास
साँझ झमक्क परे पछि मात्रै
त्यसमा सूर्य उदाउँछ खास

२५ सेप्टेम्बर २००८

居室

何以家为 一枕焉安
何以家为 一床可全
一栖之驿 夜驻以眠
昼亦何疲 夜亦何欢
兢兢终日 暝暮是盼
唯当若此 有家之暖

译于 2016.2.11

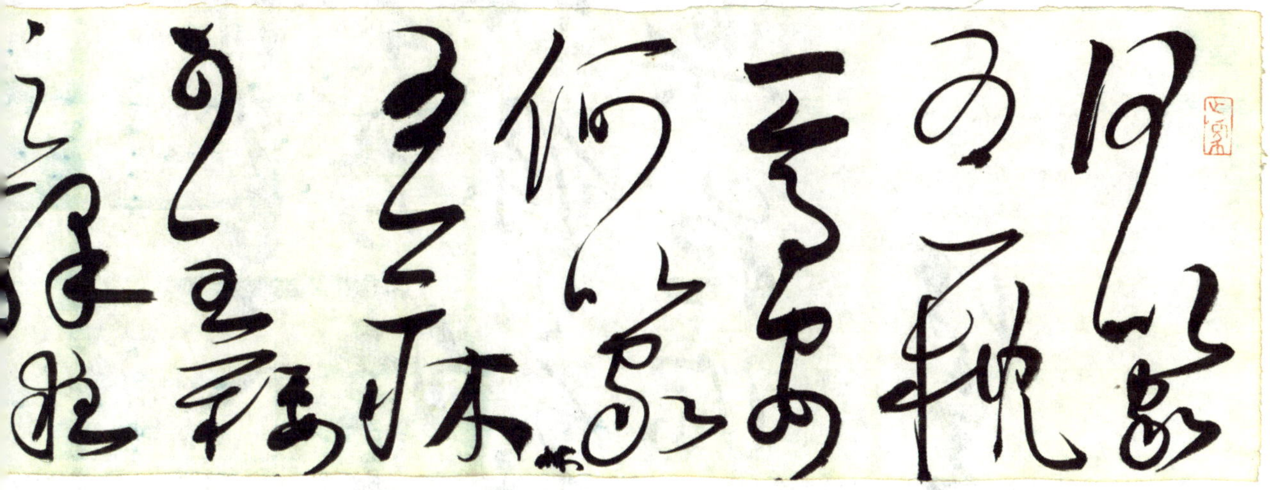

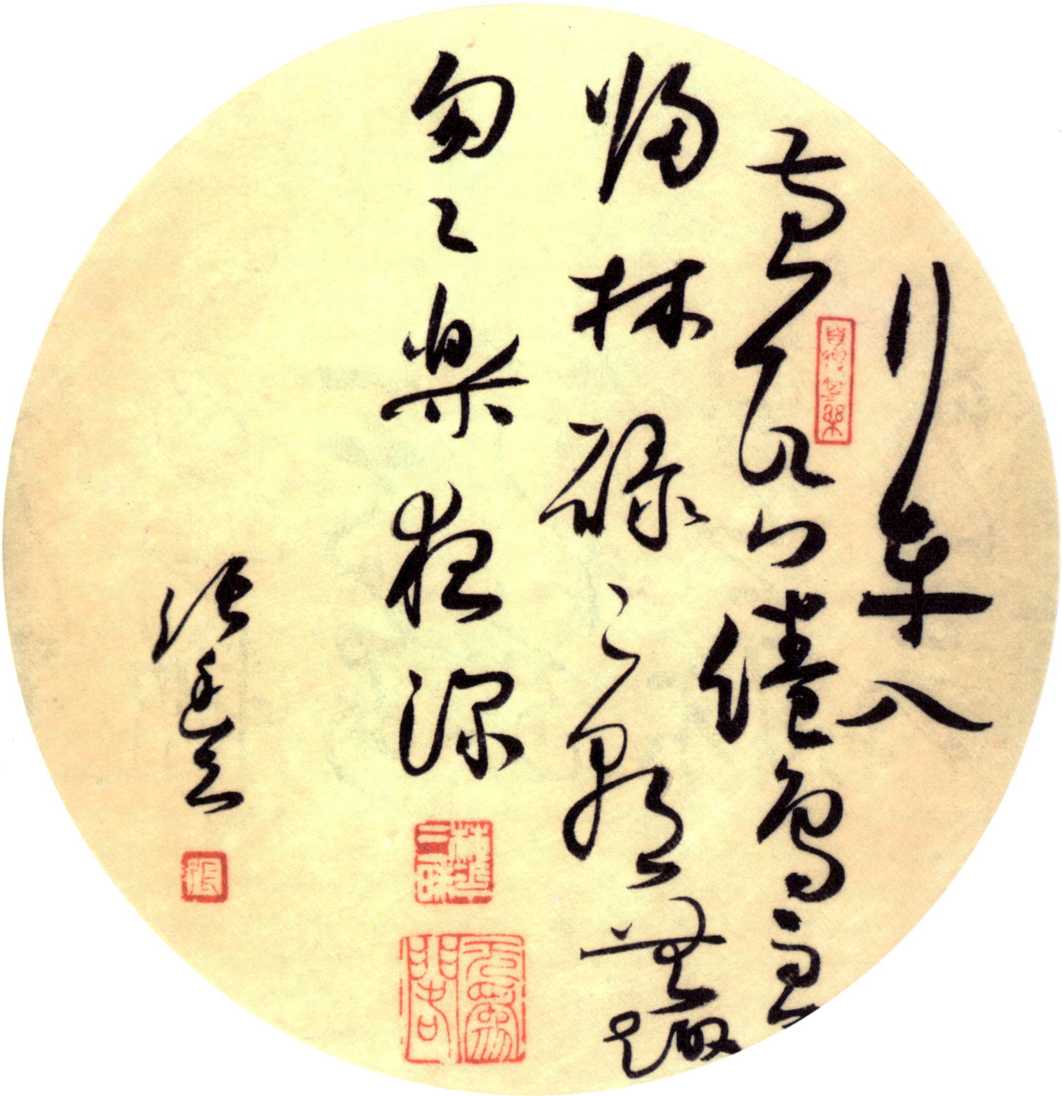

३५. साँझका गाडी

भिन्नै लाग्छ मलाई गाडी
साँझ सडकमा गुड्ने
पक्षी हुन् ती आतुरताको
पंख उचाली उड्ने

दामनिम्ति जुन काम गरिन्छ
जीवन त्यसमा छैन
कुद्दै छन् ती पक्रनलाई
जीवन जिउने चैन

२५ सेप्टेम्बर २००८

夜行车 【绝句】

行车入黄昏
倦鸟急归林
碌碌朝无趣
匆匆乐夜深

译于 2016.2.19

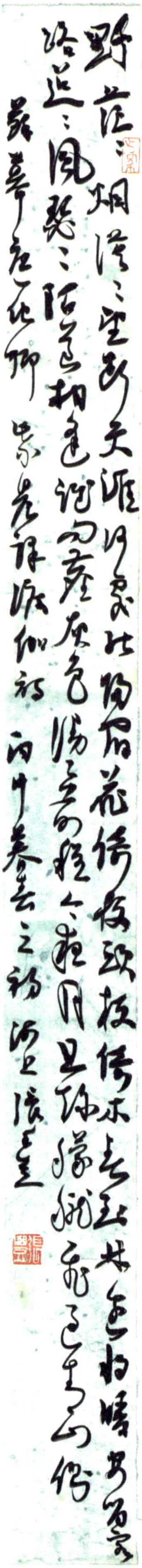

३६.बिरानो ठाउँ

ठाउँ अरे यो यति ठूलो छ
तर खै मेरो ठाउँ कहाँ
बोट र फूल सबै छन् तर खै
मेरो मनको गाउँ यहाँ

बाटा छन् तर बोलाएको
छैन कसैले, जाउँ कहाँ
त्यो आकाश कहाँ छ यहाँ खै
मुक्त उडान म पाउँ जहाँ

२६ सेप्टेम्बर २००८

他乡 【苏幕遮】

野茫茫 烟漠漠
望断天涯 何处能归宿
花倚枝头枝倚木
春到林边 将暖安留客

路迢迢 风瑟瑟
陌道相逢 谁问尘灰色
漫漫前程今夜月
且趁朦胧 飞过青山侧

译于 2016.2.27

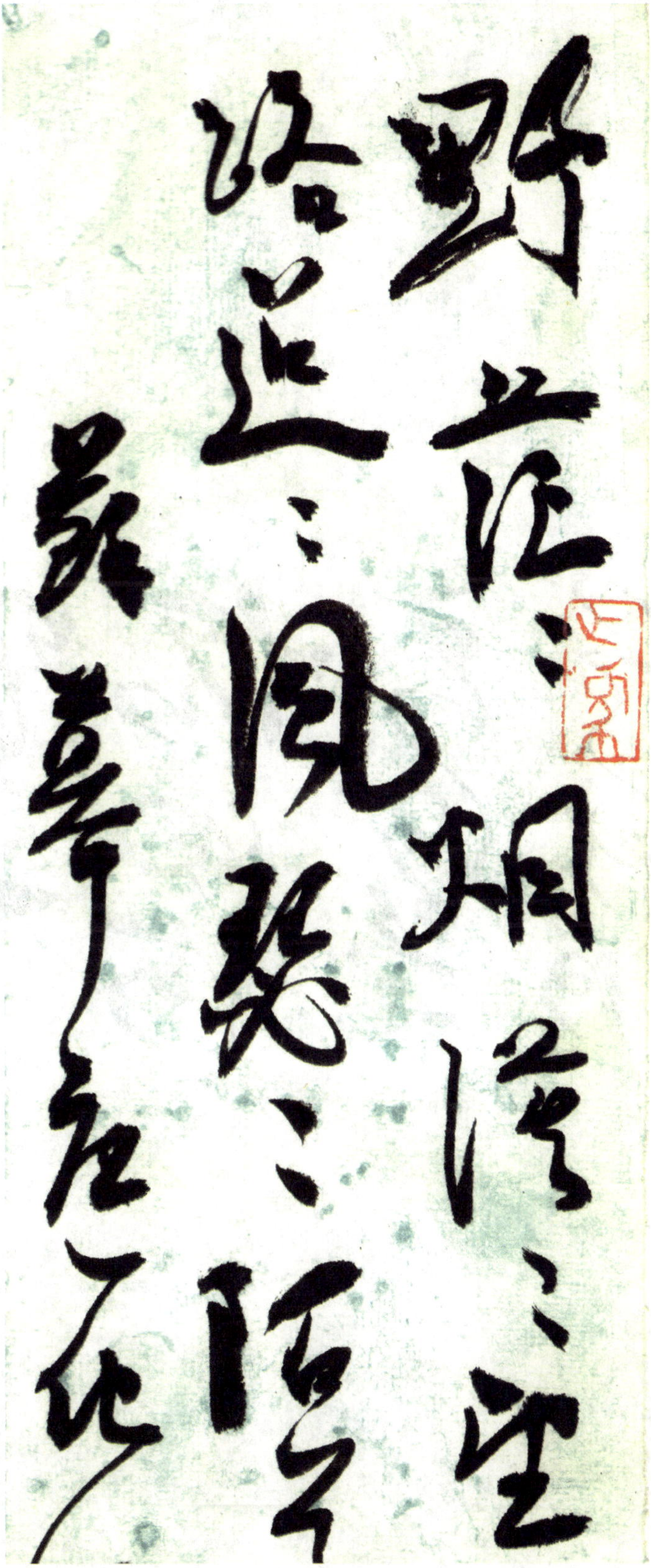

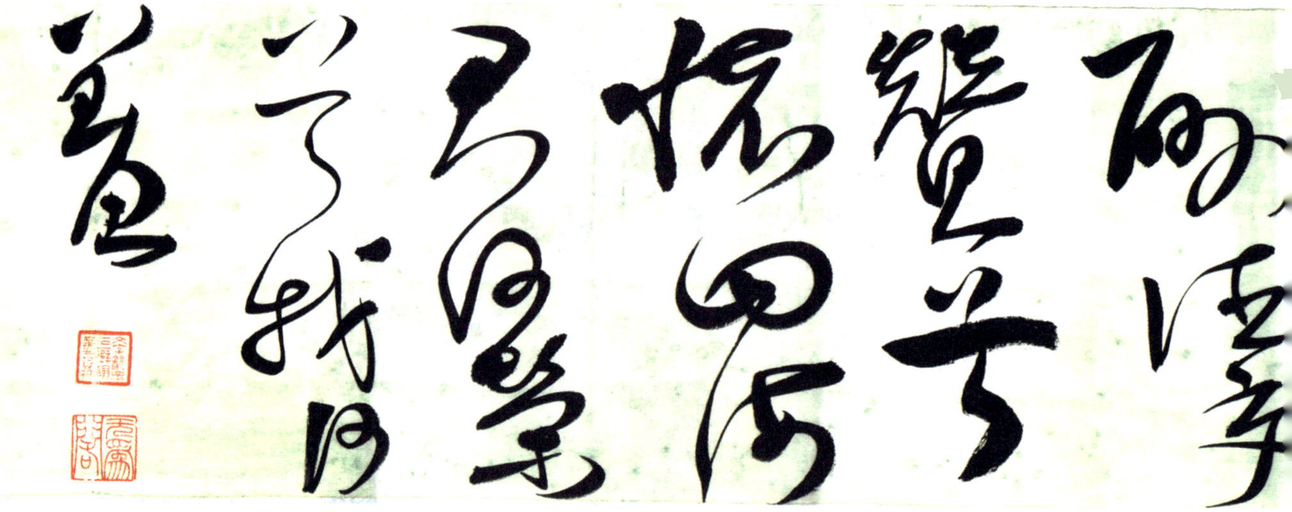

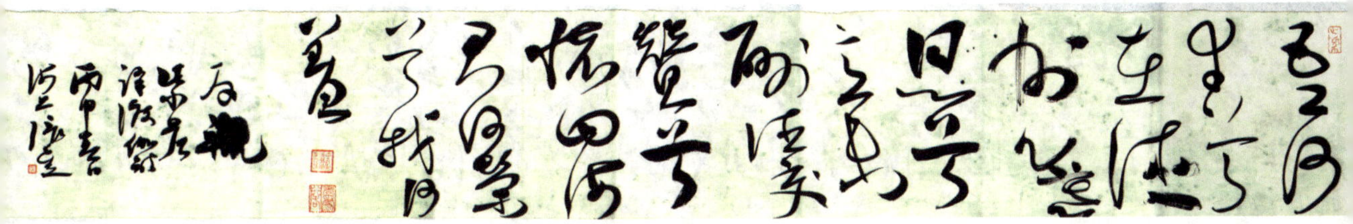

३७.विरोधाभास

反衬

धन्य ! तिमीसँग बस्न म पाएँ
टेक्सस्, म छु आभारी
किन्तु विसाउन पाइनँ मैले
मेरो मनको भारी

भन्छन् तिम्रो यो ठूलोपन
मानवताको छानो
तर तिम्रो त्यो ठूलो आँखा
देख्छ मलाई सानो

吾何幸兮在德州
心慕恩兮意未酬
德交赞兮怀四海
君何荣兮我何羞

२६ सेप्टेम्बर २००८

译于 2016.2.11

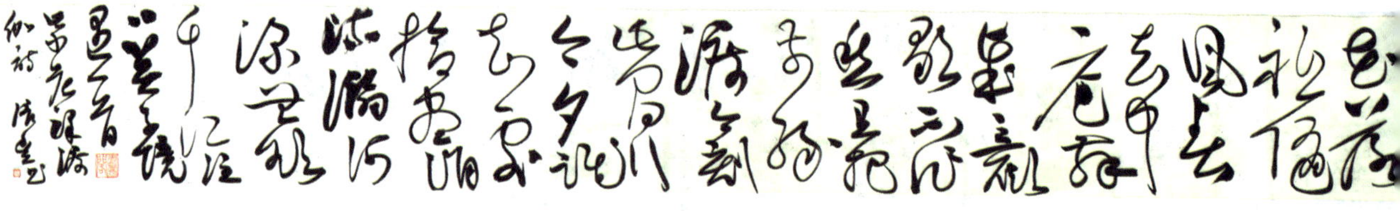

३८.परिस्थिति

境遇 【卜算子】

जानु सबैले पर्छ त्यहाँ नै
जहाँ परिस्थिति लान्छ
सुखी त्यही हो जो कि परिस्थिति–
सम्मत भैकन बाँच्छ

यो क्षण म यहाँ, भरे कहाँ हो
थाह मलाई छैन
सब नै उसका हुन्छन् जसको
आफ्नै चाह हुँदैन

२६ सेप्टेम्बर २००८

花落只随风
春去中庭舞
岁岁欢歌不作愁
且把前缘渡

今刻此间行
今夕谁知处
拾尽涓流瀚海深
无欲千江注

译于 2016.2.11

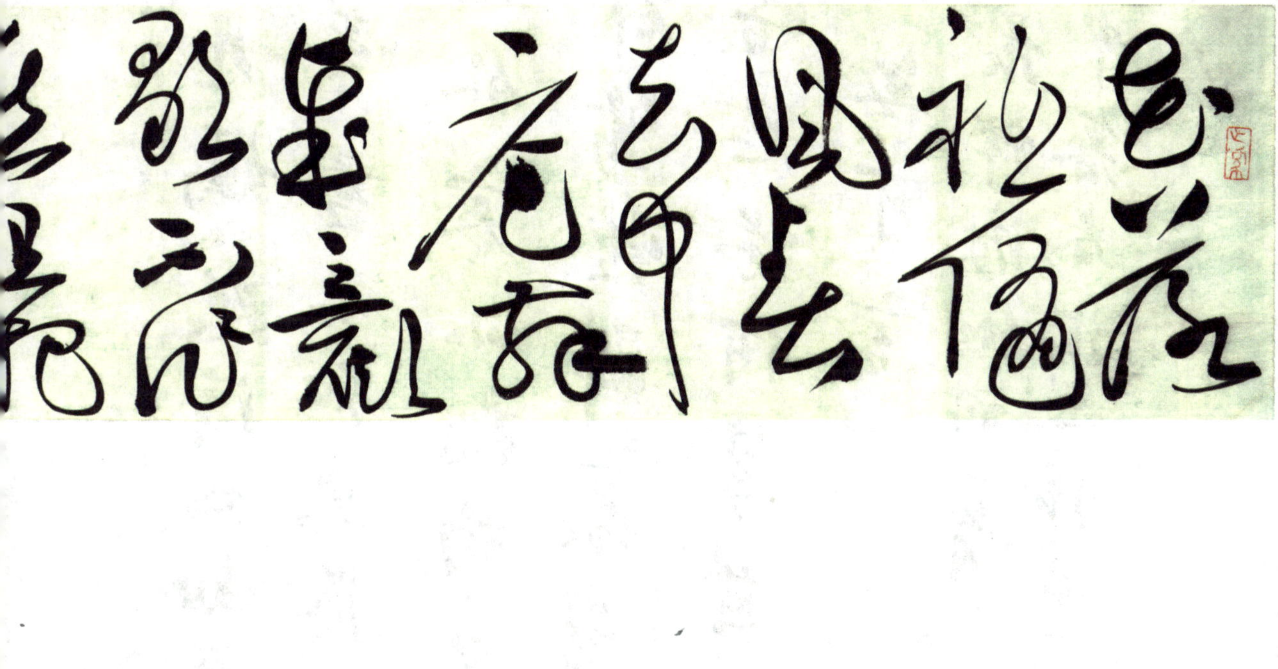

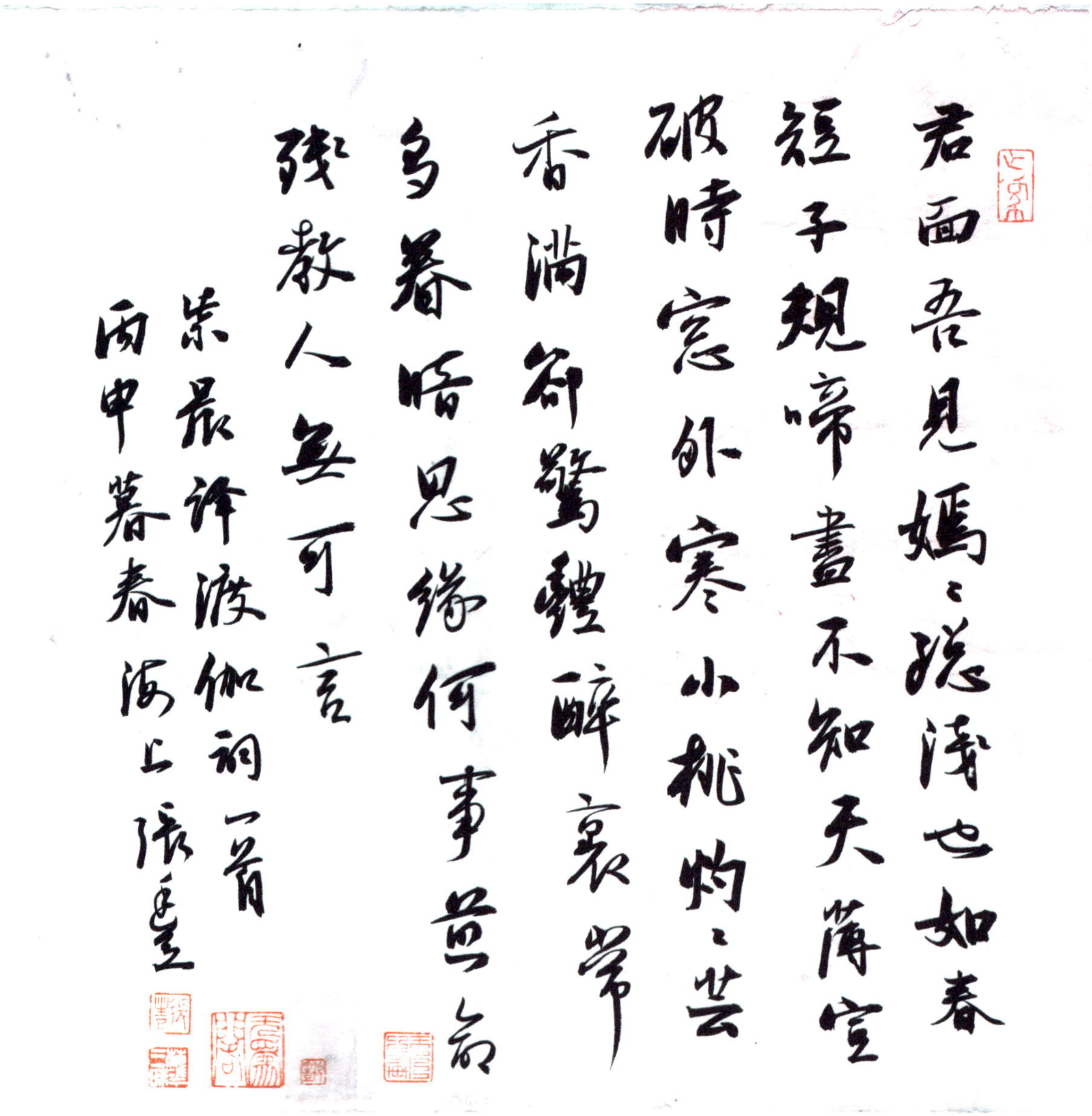
君面吾見嫣嫣總淺也如春
短子規啼盡不知天薄宣
破時窗外寒小桃灼灼芸
香滿谷鶯體醉衰帶
多暮暗思緣何事無翁
殘殘教人無可言
宋最詳渡伽詞一首
丙申暮春 海上 張丞

३९.किन यस्तो

缘何 【河传】

तिम्रो रूप म जुन देख्दैछु
यो त आवरणमात्र न हो
कुनै घडी पनि च्यातिन सक्छ
कागज हो बस् कागज यो

तिम्रो झलमल बाह्य छटा यो
निश्चय पनि हो हृदय छुने
तर यो तिम्रो कस्तो तन्त्र
मानिस केवल यन्त्र हुने

君面 吾见
嫣嫣总浅 也如春短
子规啼尽不知天
薄宣 破时窗外寒

小桃灼灼芸香满
却惊艳 醉里常多眷
暗思缘 何事煎
命残 教人无可言

१ अक्टोबर २००८

译于 2016.2.12

४०. यै हो प्रश्न 此问 【更漏子】

अमेरिकामा देखिनँ मैले 在他乡 观异域
अमेरिका के हो 事事稀松情趣
बरु त्यो ऐनामा यो देखें 菱格镜 照空明
स्वयं म नै जे हो 是心思已平

त्यो सर्बोच्च सगरमाथा के 高壁绝 珠峰立
हिउँकै मात्र न हो ? 傲视千秋飞雪
अमेरिकाले 'तिम्रो के छ' 怀郁郁 步迟迟
यो नै प्रश्न गऱ्यो 问吾何所持

२ अक्टोबर २००८ 译于 2016.3.2

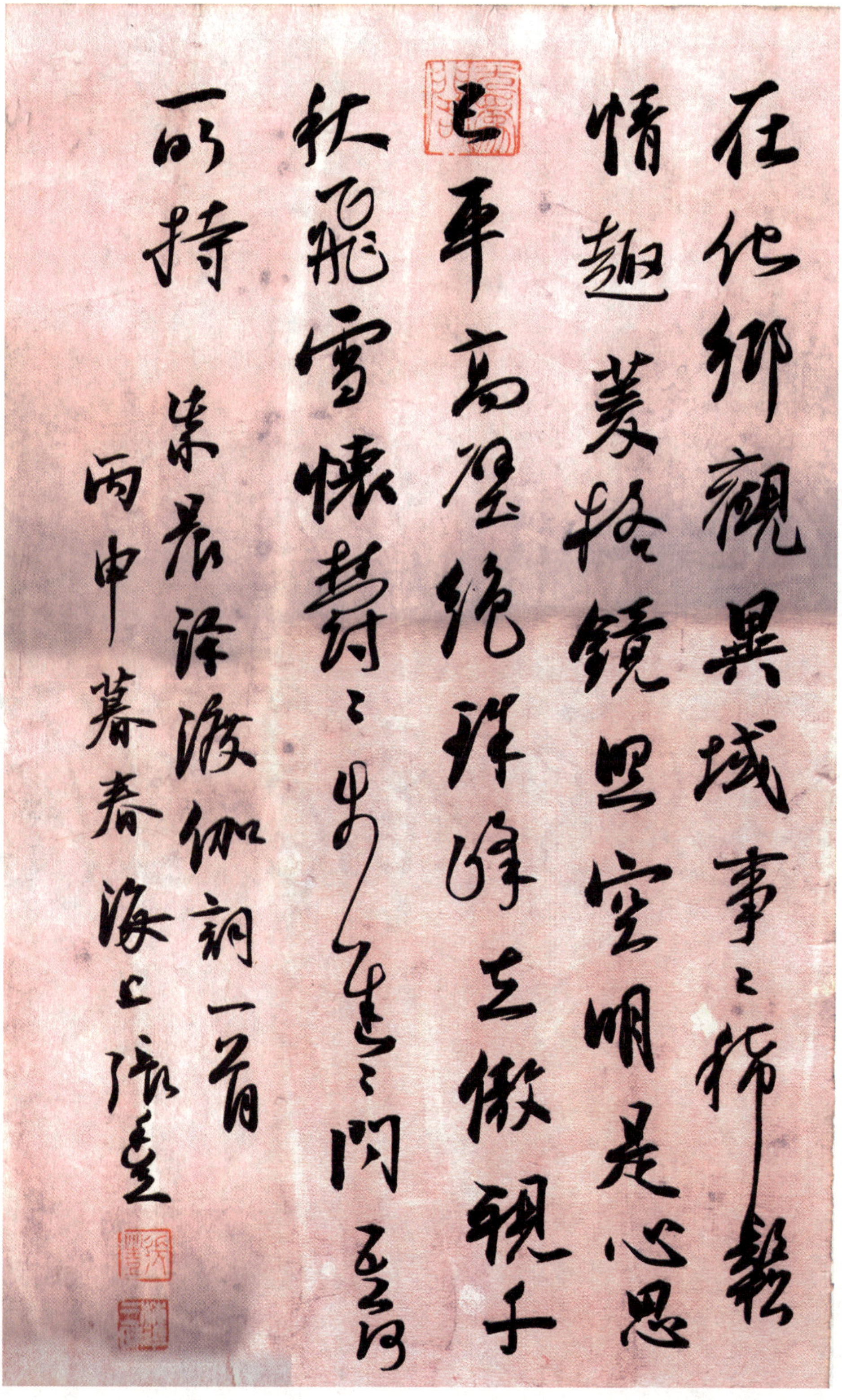

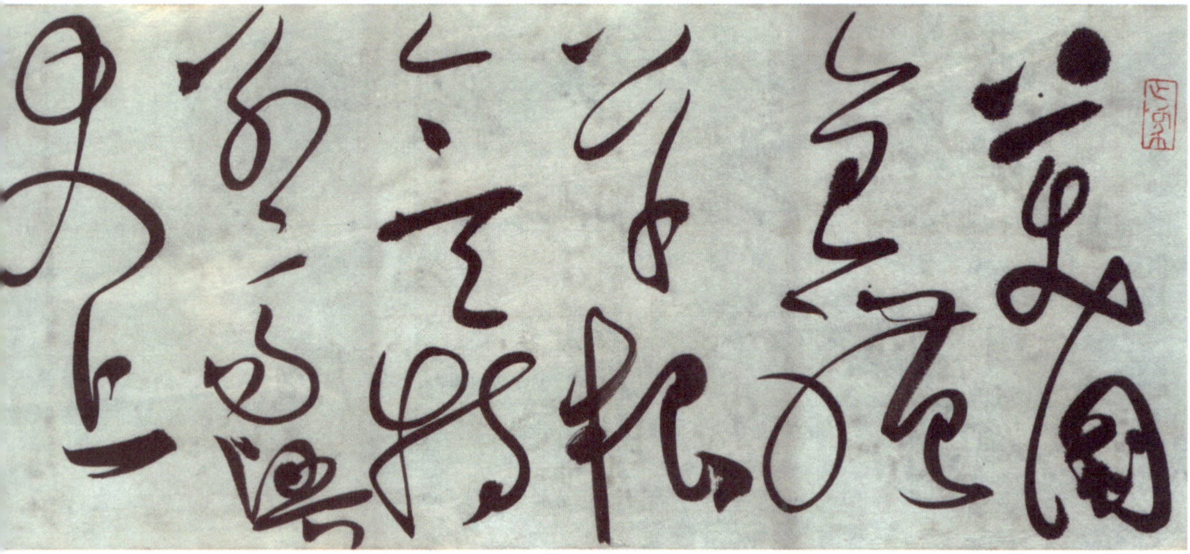

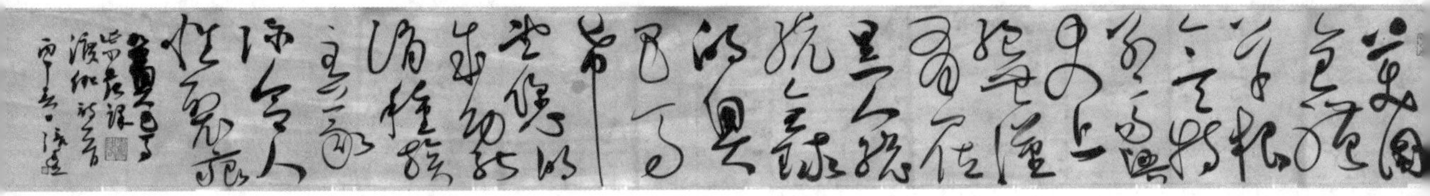

४१.बधाई, ओबामा !

देख्छु म सिङ्गो अमेरिका नै
हर्षित आज यति
इतिहासैमा पहिलो पल्ट
कालो राष्ट्रपति

विश्वैभरि ओबामा, तिम्रो
छरियोस् विजयपराग
निर्मूलै होस् वर्ण-भेद यो
मानवताकै दाग !

४ नोभेम्बर २००८

贺奥巴马

美国全体草根
今天特别高兴
史上绝无仅有
一位黑人总统
全球的奥巴马
希望您的成功
能消种族主义
弥合人性裂痕

译于 2016.2.12

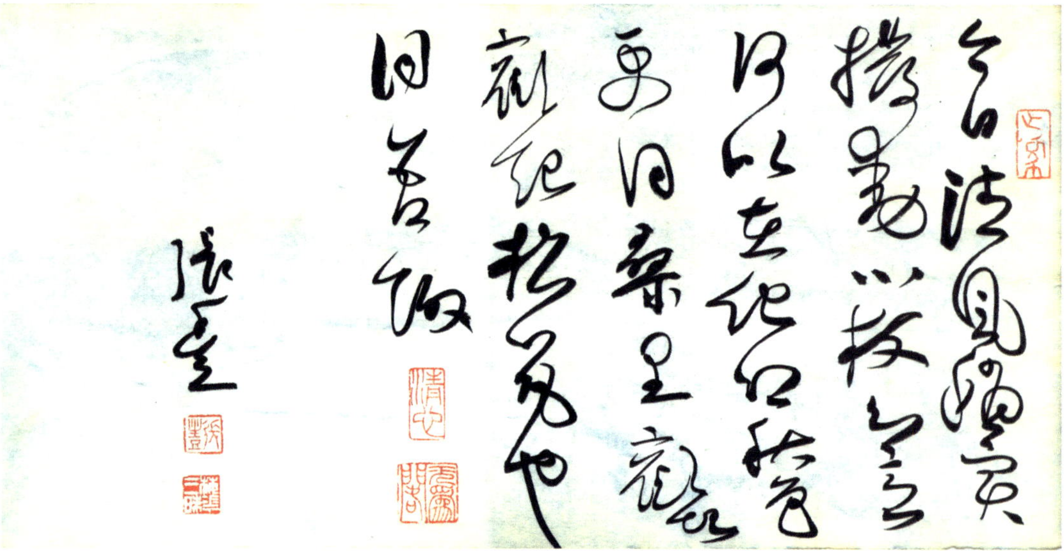

४२.छिनभर

आज चिसो जुन हावा आयो
यो अलि बेग्लै छ
रूखहरूको चलहलमा पनि
धडकन मेरै छ

खै परदेश, यहाँ छ सबैतिर
मेरै रँगरोगन
लोखर्केको यो उफ्राइ
मेरै सोझोपन

५ नोभेम्बर २००८

偶觉 【如梦令】

今日清风稍异
拨动小枝心意
何似在他乡
秋色更同桑里
欢起
欢起
松鼠也如吾趣

译于 2016.2.12

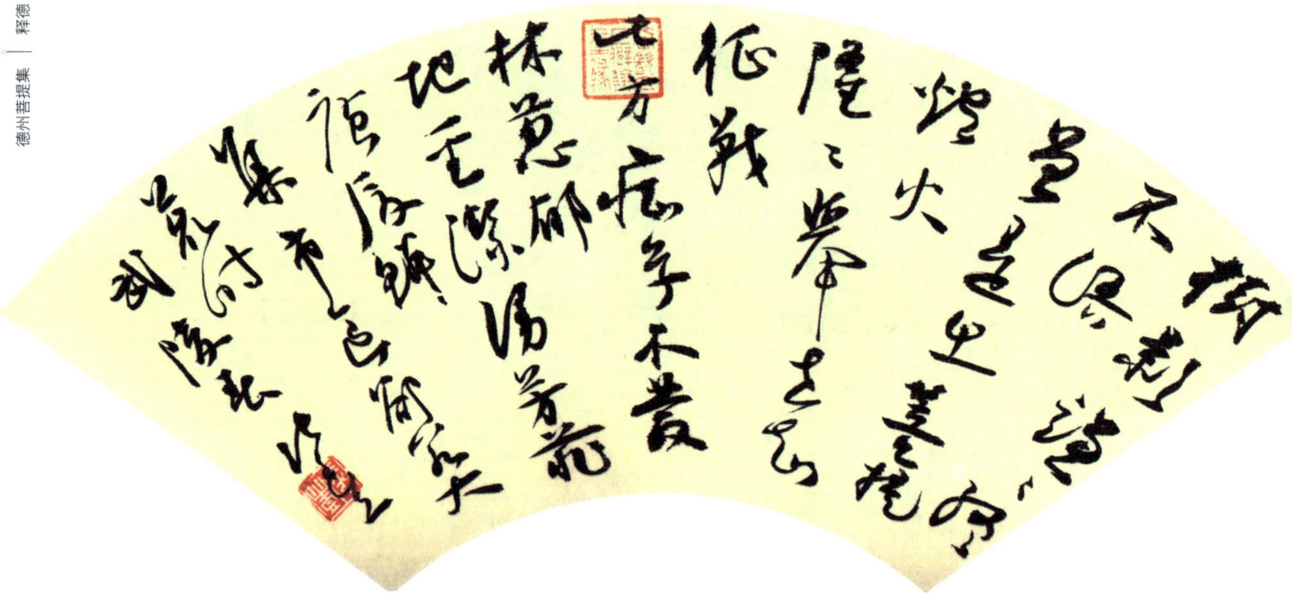

४३.जंगल र शहर　　林与市 【武陵春】

रूख विनम्र छ, ऊ बोल्दैन　　树影谦谦终不语
मैले बुद्ध दिएँ　　曾是出菩提
बन्दूक पड्की भन्छ सगर्व　　炮火隆隆举世知
मैले युद्ध दिएँ　　征战此方痴

रूख उपज हो जंगलको, तर　　草木丛林葱郁地
त्यसमा मंगल छ　　圣洁漫芳菲
कंक्रिट घरले शहर बन्यो तर　　广厦鳞鳞集市区
त्यसमा जंगल छ　　却若大荒时

६ नोभेम्बर २००८　　译于 2016.2.18

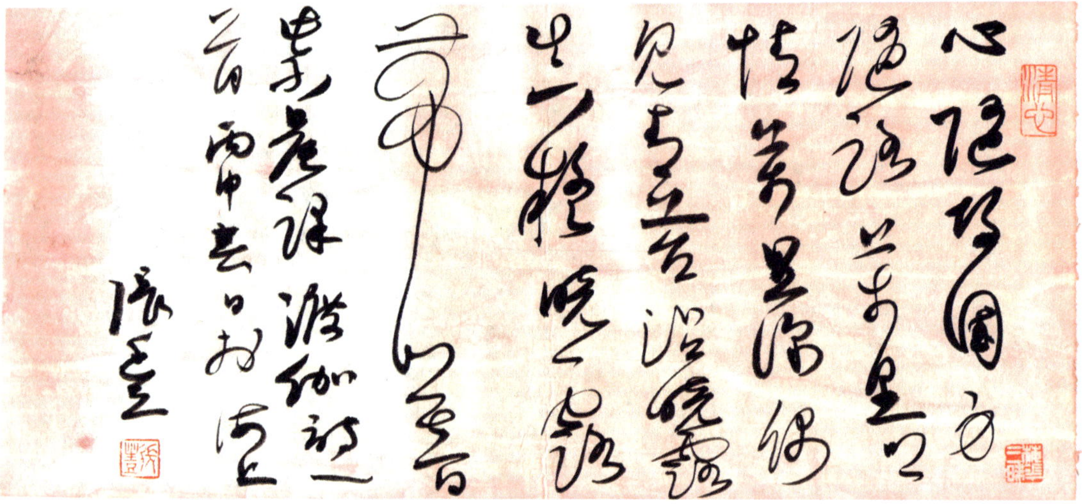

४४.मेरो घर

故国【绝句】

मेरो घर ! हो, म तिमीबाट
धेरै धेरै टाढा
तर टाढैले पारिरहेछ
मायाको रँग गाढा

देख्छु बिहान म घाँसहरुमा
टललल कलिलो धूप
हेर्दा हेर्दै खुल्दछ त्यसमा
झललल तिम्रो रूप

心随故国身随路
万里乡情万里深
偶见青苔沾晓露
真疑晓露带乡音

७ नोभेम्बर २००८

译于 2016.2.12

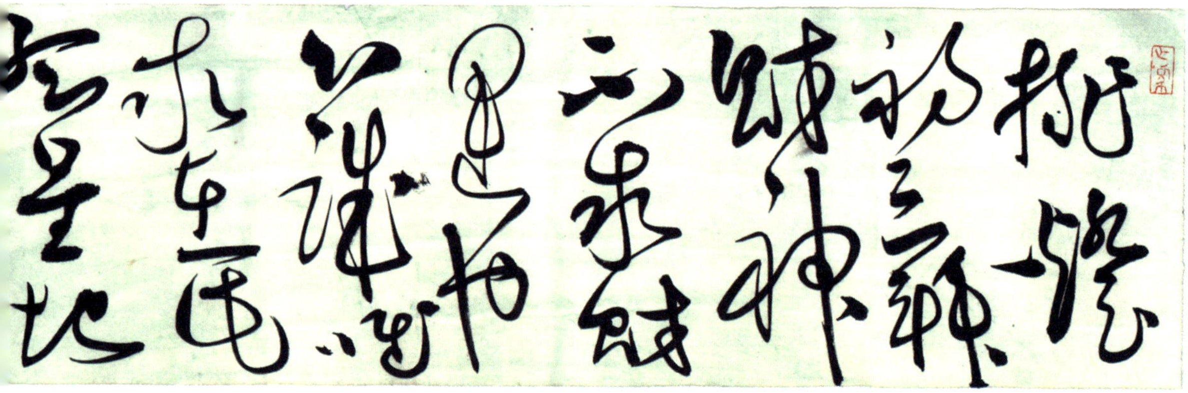

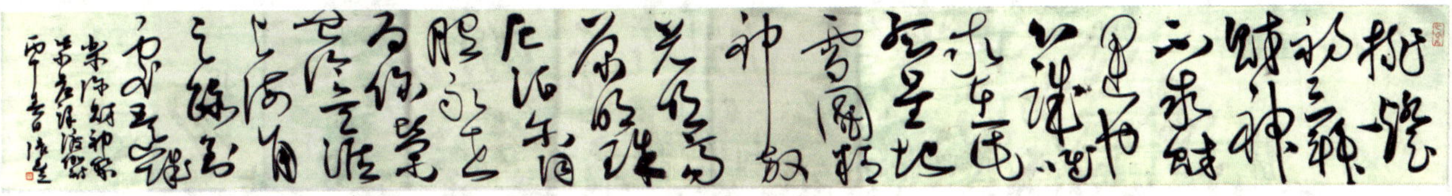

४५.लक्ष्मीपूजा

लक्ष्मी, आज तिमीसँग हामी
माग्छौ. केवल यौटै धन
टेक्सस्को यो माटोमा पनि
फलोस्फुलोस् नेपालीपन !

पार्न सकोस् हर नेपालीले
आफ्नो छाती यत्ति बिशाल
जहाँ जहाँ ऊ जाओस् उसको
पछि पछि नै लागोस् नेपाल !

२८ अक्टोबर २००८

८लक्ष्मीपूजा : विधिवत् लक्ष्मीपूजा गरेर मनाइने तिहारको तेस्रो दिन

乐弥财神祭

排灯初三拜财神
不求财运也心诚
唯求在此孤星地
雪国精神放光明

高原明珠尼泊尔
同胞永世为你荣
无论天涯与海角
足迹到处是山城

译于 2016.2.13

* 注：印度教排灯节的第三天是祭拜财富之神乐弥的日子。

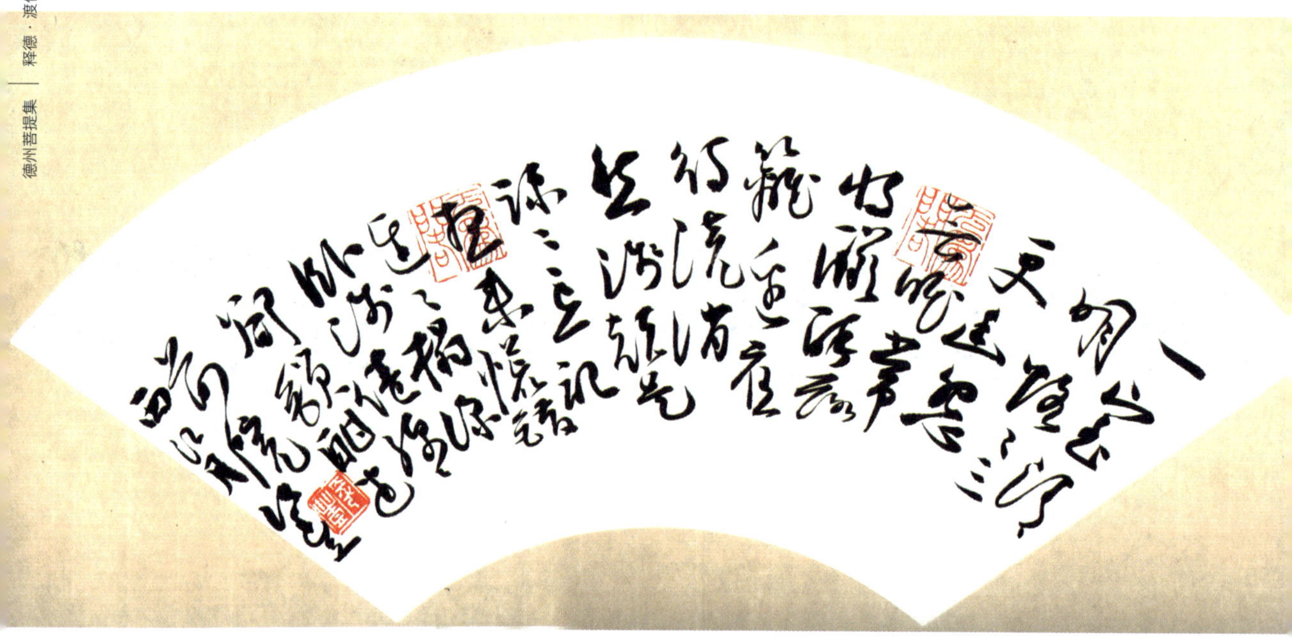

४६.भुलक्कड

भित्र म निद्रा आएन भनी
हुन्छु रिसाइरहेको
तर ऊ बाहिर मेरो बाटो
धुक्दै हुन्छ बसेको

कत्ति भुल्लकड रै'छु अरे म
कत्रो भूल गरेछु
निद्रा कुर्ने धुनमा मैले
दैलो खोल्न भुलेछु

१२ नोभेम्बर २००८

健忘 【西江月】

一室清明恪恪
三更幽怨无眠
常将酽醉落篱边
应待浇消愁浅

竟是疏疏忘记
想来慌错连连
榻深卧浅倦绵绵
却锁酣迷前院

译于 2016.2.13

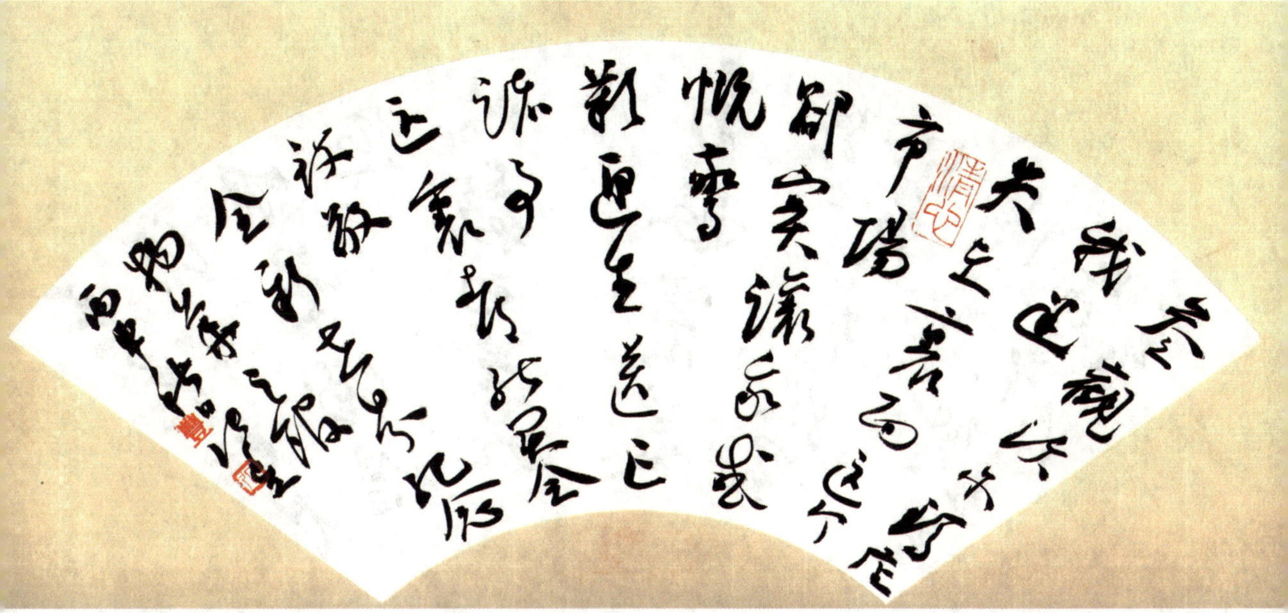

४७.वालमार्ट

沃尔玛

पुग्दै हेर्छु त वालमार्ट अहो !
यत्ति भएँ कि म रनभुल्ल
लाग्छ, बजारै हो कि भएको
मेरै 'वाल्ल' छताछुल्ल

जीवन-मरण समस्तै अट्ने
बेग्लैको यो संसार
विजय धरोहर हो यो तिम्रो
हे विज्ञान, नमस्कार !

参观沃尔玛店
我迷失在里面
这个市场确实
让我感慨惊叹
迎生送亡诸事
这里都能买全
致敬全新世界
纪念物华之馆

८वालकमार्ट : अमेरिकाको विश्वविख्यात बजार

१ नोभेम्बर २००८

译于 2016.2.14

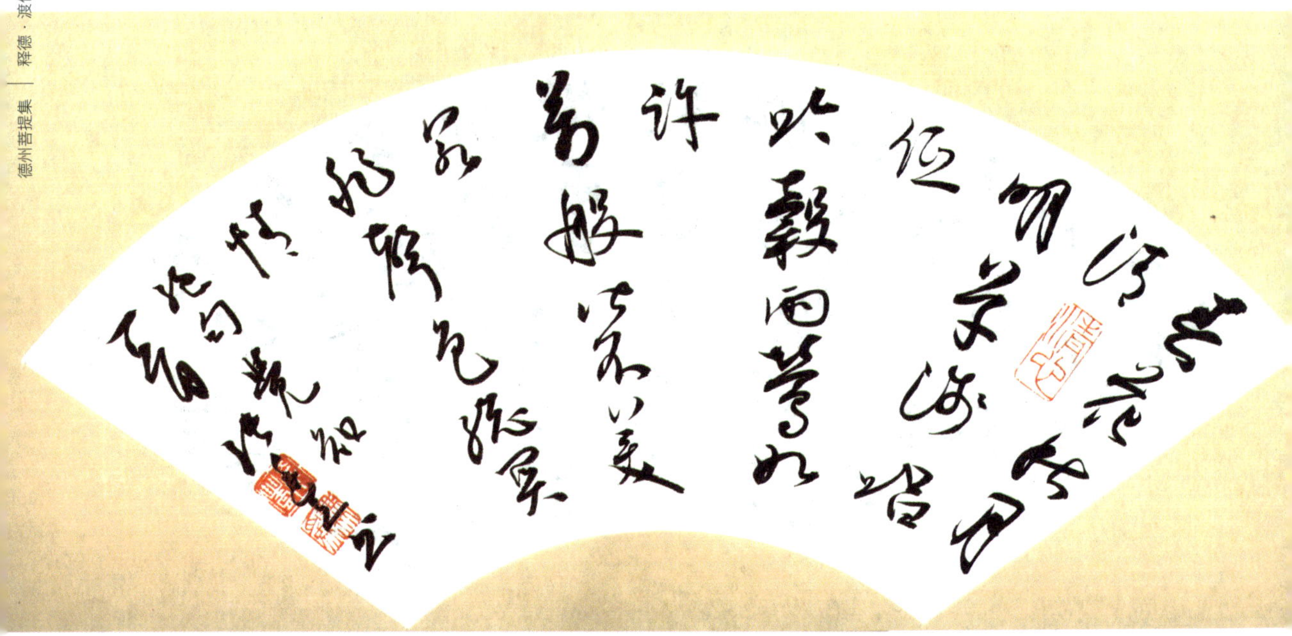

४८. मुटु र आँखा

觉知 【绝句】

अलि अलि हरिया घाँसहरु हुनु
अलि अलि फुलहरू फुल्नु
अलि अलि चिर्बिर गान, अरे के
यै हो सुन्दरता भन्नु ?

यी सब सुन्दर तब नै हुन्छन्
खुल्दछ हेर्ने जब आँखा
हुन्छ मधुर जब गीत चराको
बुझ्ने हुन्छन् जब भाखा

春花秋月清明草
浅唱低吟谷雨莺
如许万般皆不美
若非声色总关情

१३ नोभेम्बर २००८

译于 2016.2.14

४९.कुहिरो र घाम

雾散【调笑令】

रातसँगै रँग मगिँदै कुहिरो
सिंगो रात सुतेर
मैले देख्नासाथ बिहान
जान्छ लुसुक्क उठेर

घाम लखेत्छ र छिनमै कुहिरो
छैन, बिलाई जान्छ
कता कता अनि संवेदनले
भित्र मलाई तान्छ

१३ नोभेम्बर २००८

长夜 长夜
雾锁浓情不化
将忧转瞬天明
消得悄无影踪
烟淡 烟淡
却道人心已乱

译于 2016.2.14

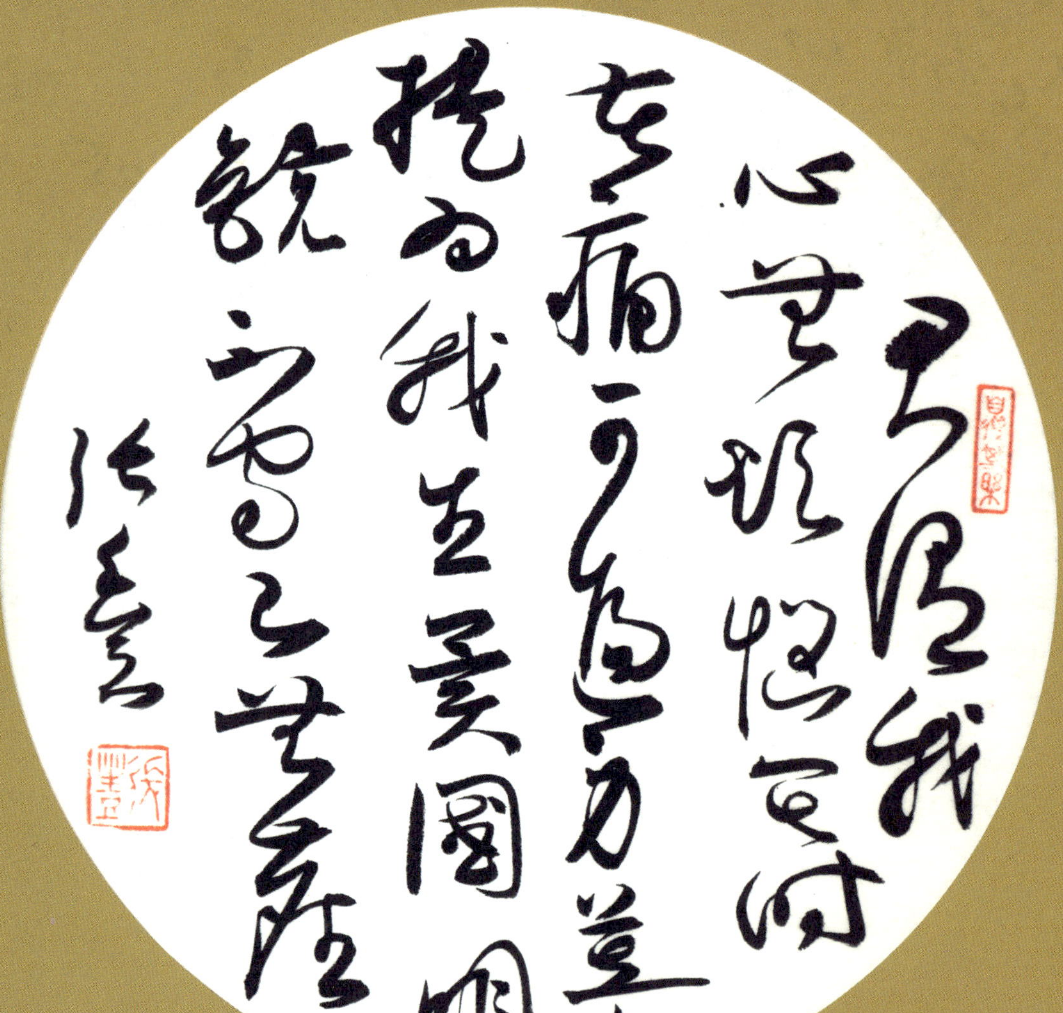

५०.बोधिबृक्ष

菩提

ठीक भन्यौ, हो साथी, मेरो
छैन कपाल दुखेको
यो क्षण किन कि म महसुस गर्छु
जम्मै ठाउँ दुखेको

मेरोनिम्ति त बोधिबृक्ष नै
यो परदेश भएछ
सिंगो देश दुखेको बेला
अरु दुख्दैन रहेछ

१४ नोभेम्बर २००८

君谓我心无烦恼
其时苦痛可遍身
菩提为我生异国
明镜不守已无尘

译于 2016.2.8

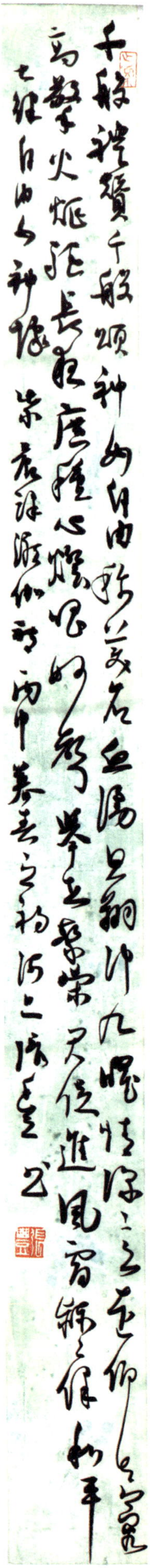

५१.स्वाधीनताको सालिक

自由女神像 【七律】

नमस्कार !....
नमस्कार छ, नमस्कार !
स्तम्भ ओ ! स्वाधीनताको !
लाख मेरो नमस्कार !

जब म तिम्रो पर्छु सामू
भावना मुस्काउँछ,
उड्नलाई कामनाले
पनि पखेटा पाउँछ
लाग्छ, कविताको मुहानै
हो कि तिम्रो त्यो मुहार

त्यो चिराग प्रकाश ज्वाला
देख्छु तिम्रो हातको
लाग्छ यस्तो, अब हुनेछ
अन्त कालो रातको
आसले अनि भित्र झननन
बज्छ मेरो हृदयतार

देख्छु जब लम्काइ तिम्रो
लाग्छ बोली मानुँ यो
'प्रगति, उन्नति भन्नु केवल
जानु अविरल जानु हो '
धन्य ओ ! जीवन्त प्रतिमा
स्थिर तिमी र त गति अपार !

千般礼赞千般颂
神女自由称美名
血涌思翔冲九曜
情深意远仰真容
高擎火炬驱长夜
广种心灯唱妙声
举世繁荣君促进
风雷赫赫保和平

译于 2016.2.16

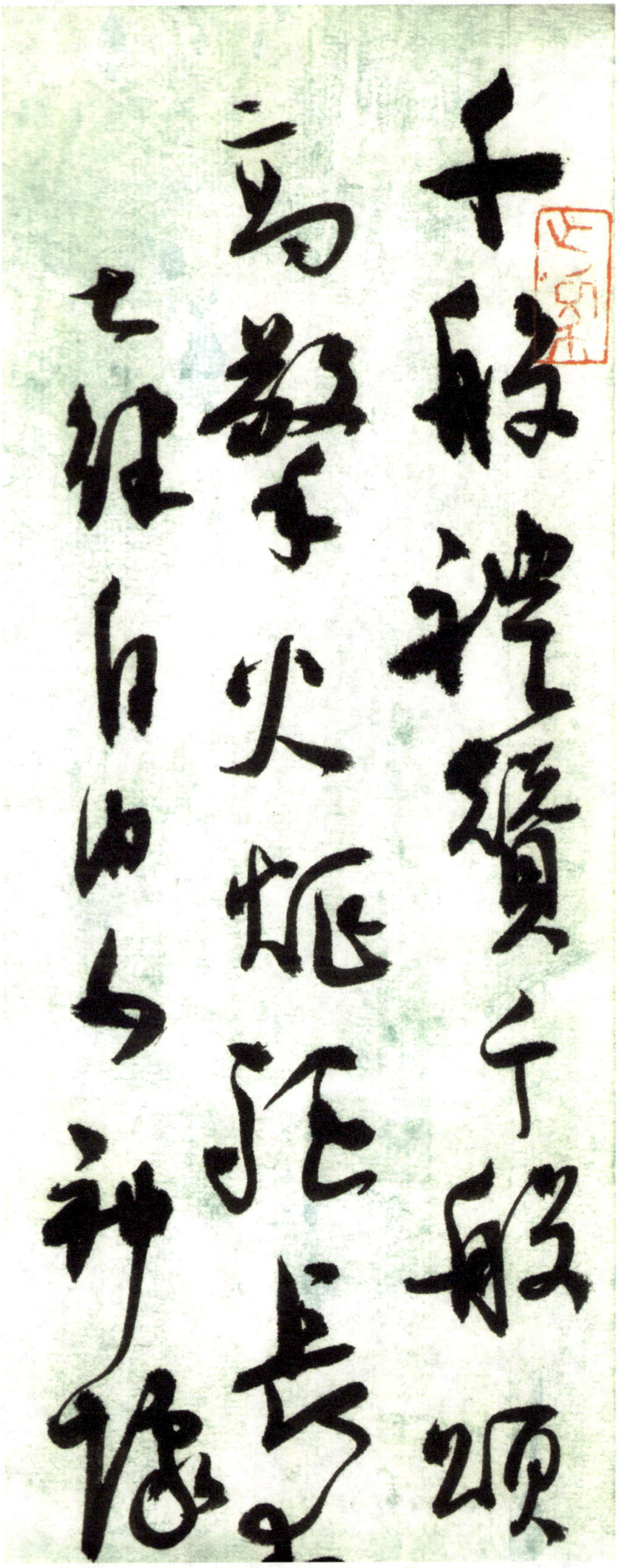

题字 | 觉醒

上海市青年联合会副主席，中国佛教学会副会长，上海市佛教学会会长，上海玉佛寺方丈。恢复出版解放前在玉佛寺创办的《觉群》杂志，并以此为契机，确立“文化建寺，教育兴寺”的发展理念；恢复由叶圣陶、丰子恺创办的弘一图书馆，使之成为上海第一所专业佛教图书馆；相继开办星期佛学讲座、玉佛寺网站、青年居士进修班、僧伽进修班、梵乐团、觉群学院；主持召开“佛教与社会主义社会相适应”“都市寺院与人间佛教”等全国性专题研讨会；每年举办“文化周”；主编《觉群小丛书系列》《觉群·学术论文集》《觉群译丛》。出版《众善奉行——佛教礼仪观》《清净国土——佛教净土观》等专著，在海内外报刊杂志发表论文二百多万字。

译者 | 李辉

字紫晨，上海市青年联合会委员，复旦大学生命科学学院教授、博士生导师，现代人类学教育部重点实验室主任，科技考古研究院副院长，亚洲人文与自然研究院副院长。首届国家优秀青年基金获得者，上海市青年科技启明星。主要研究分子人类学，用DNA 探索中国人群起源与文明肇始，曾经研究过曹操家族基因等课题。在 Science、Nature 等学术期刊发表论文百多篇。被 Science 专访报道。出版《Y 染色体与东亚族群演化》(上海图书奖一等奖)、《来自猩猩的你》《傷傣话——世界上元音最多的语言》《复旦校园植物图志》等科技著作，《岭南民族源流史》等史学著作，《道德经古本合订》等哲学著作，翻译过《夏娃的七个女儿》《我的美丽基因组》等科学名著，有诗集《自由而无用的灵魂》《皎皎明月光》《紫晨词》等。

书法 | 张丰

上海市青年联合会委员，金山区学校书法教育研究交流指导中心负责人，沧州师范学院美术学院特聘教授，教育部、中国文联“翰墨传薪”工程特聘导师，中国书法家协会会员，上海市青年书法家协会副主席，上海书协教育委员会中小学书法工作委员会副主任。获得“上海市优秀中青年艺术家”“上海青年五四奖章”“文汇报上海文化新人”“金山区十大杰出青年”“金山区青年拔尖人才”等荣誉称号。擅长小行草，兼攻大草。曾获第十届全国书法篆刻作品展优秀奖、第三届全国青年书法篆刻作品展优秀奖、第七届上海书法篆刻展优秀奖、第二届上海中青年临摹与创作优秀奖、蝉联前三届上海青年书法艺术奖。

图书在版编目(CIP)数据

德州菩提集/(尼泊尔)释德·渡伽著；紫晨译. —上海：中西书局，2017.10
ISBN 978-7-5475-1348-4

Ⅰ.①德… Ⅱ.①释… ②紫… Ⅲ.①诗集−尼泊尔−现代 Ⅳ.①I355.25

中国版本图书馆CIP数据核字(2017)第255790号

德州菩提集

[尼泊尔]释德·渡伽著;紫晨译

责任编辑 张 恬
书法誊录 张 丰
封面题字 觉 醒
特约编辑 季赵佳

出版发行 上海世纪出版集团
中西書局(www.zxpress.com.cn)
地 址 上海市陕西北路457号(200040)
印 刷 上海丽佳制版印刷有限公司
开 本 787×1092毫米 1/16
印 张 8
字 数 100千字
版 次 2017年10月第1版 2017年10月第1次印刷
书 号 ISBN 978-7-5475-1348-4/I·162
定 价 48.00元

本书如有质量问题，请与承印厂联系。T：021-64709974